AF667811

Gröls Verlage

„BÜCHER SIND WIE FALLSCHIRME. SIE NÜTZEN UNS NICHTS, WENN WIR SIE NICHT ÖFFNEN."

Gröls Verlag

Redaktionelle Hinweise und Impressum

Das vorliegende Werk wurde zugunsten der Authentizität sehr zurückhaltend bearbeitet. So wurden etwa ursprüngliche Rechtschreibfehler *nicht* systematisch behoben, denn kleine Unvollkommenheiten machen das Buch – wie im Übrigen den Menschen – erst authentisch. Mitunter wurden jedoch zum Beispiel Absätze behutsam neu getrennt, um den Lesefluss zu erleichtern.

Um die Texte zu rekonstruieren, werden antiquarische Bücher von Lesegeräten gescannt und dann durch eine Software lesbar gemacht. Der so entstandene Text wird von Menschen gegengelesen und korrigiert – hierbei treten auch Fehler auf. Wenn Sie ebenfalls antiquarische Texte einreichen möchten, finden Sie weitere Informationen auf www.groels.de

Viel Freude bei der Lektüre wünscht Ihnen das Team des Gröls-Verlags.

Adressen

Verleger: Sophia Gröls, Im Borngrund 26, 61440 Oberursel

Externer Dienstleister für Distribution & Herstellung: BoD, In de Tarpen 42, 22848 Norderstedt

Unsere „Edition | Werke der Weltliteratur“ hat den Anspruch, eine der größten und vollständigsten Sammlungen klassischer Literatur in deutscher Sprache zu sein. Nach und nach versammeln wir hier nicht nur die „üblichen Verdächtigen“ von Goethe bis Schiller, sondern auch Kleinode der vergangenen Jahrhunderte, die – zu Unrecht – drohen, in Vergessenheit zu geraten. Wir kultivieren und kuratieren damit einen der wertvollsten Bereiche der abendländischen Kultur. Kleine Auswahl:

Francis Bacon • Neues Organon • **Balzac** • Glanz und Elend der Kurtisanen • **Joachim H. Campe** • Robinson der Jüngere • **Dante Alighieri** • Die Göttliche Komödie • **Daniel Defoe** • Robinson Crusoe • **Charles Dickens** • Oliver Twist • **Denis Diderot** • Jacques der Fatalist • **Fjodor Dostojewski** • Schuld und Sühne • **Arthur Conan Doyle** • Der Hund von Baskerville • **Marie von Ebner-Eschenbach** • Das Gemeindekind • **Elisabeth von Österreich** • Das Poetische Tagebuch • **Friedrich Engels** • Die Lage der arbeitenden Klasse • **Ludwig Feuerbach** • Das Wesen des Christentums • **Johann G. Fichte** • Reden an die deutsche Nation • **Fitzgerald** • Zärtlich ist die Nacht • **Flaubert** • Madame Bovary • **Gorch Fock** • Seefahrt ist not! • **Theodor Fontane** • Effi Briest • **Robert Musil** • Über die Dummheit • **Edgar Wallace** • Der Frosch mit der Maske • **Jakob Wassermann** • Der Fall Maurizius • **Oscar Wilde** • Das Bildnis des Dorian Grey • **Émile Zola** • Germinal • **Stefan Zweig** • Schachnovelle • **Hugo von Hofmannsthal** • Der Tor und der Tod • **Anton Tschechow** • Ein Heiratsantrag • **Arthur Schnitzler** • Reigen • **Friedrich Schiller** • Kabale und Liebe • **Nicolo Machiavelli** • Der Fürst • **Gotthold E. Lessing** • Nathan der Weise • **Augustinus** • Die Bekenntnisse des heiligen Augustinus • **Marcus Aurelius** • Selbstbetrachtungen • **Charles Baudelaire** • Die Blumen des Bösen • **Harriett Stowe** • Onkel Toms Hütte • **Walter Benjamin** • Deutsche Menschen • **Hugo Bettauer** • Die Stadt ohne Juden • **Lewis Caroll** • *und viele mehr….*

Oskar Panizza

Das Liebeskonzil

Inhalt

Vorspiel

Direktor. Schauspieler. Regisseur. Dichter.

Direktor Die Häuser leer, und leer auch unsre Kassen,
Das Publikum bleibt wie vom Giftschrank fern.
Theaterstücke haben wir in Massen,
Doch diese Stücke hat das Volk nicht gern.
Stets Kladderadatsch, Radau, Erschiessen-lassen,
– Da ist dann meist die Polizei nicht fern –
Und Volksgebrüll, verdächt'ge Spässe, Phrasen:
Sie halten im Parkett sich zu die Nasen...

Regisseur Ihr müsst nur 'ne *Idee* damit verbinden.

Schauspieler Nee, nee! – *Tendenz!* – Um Gottes willen nicht!

Direktor Was heisst „Tendenz"?! – Lasst mich was Schönes finden!

Schauspieler Das Schöne schlägt der Wahrheit ins Gesicht.
Streng soll der Dichter an den *Stoff* sich binden,
Und *objektiv* sich zeigen. Anders nicht!

Direktor *auf den Schauspieler weisend*

Seid Ihr denn „objektiv“ – mit Euren Waden,
Perücken, Stelzen, Buckeln und Pomaden?!

Schauspieler Das ist was andres! – Das ist hohler Schein,
Und muss es sein; dafür ist es die Bühne...

Direktor *unwillig*

Lasst mich mit Redensarten nur allein!
Wenn ich auf dem Kothurne mich erkühne,
Dann soll es auch gedichtet danach sein;
Und ich will Tränen, Jammer, Schuld und Sühne:
Sie sollen im Parterre mir wieder flennen,
Und dankbar dann nach Hause kehren können.

Schauspieler Da weicht Ihr ganz nun von der Regel ab.

Direktor Ich hab' mich nie nach Regeln eingerichtet!

Schauspieler Da kommt Ihr wieder in den alten Trab.

Direktor Poet ist der, der volle Häuser dichtet!

Schauspieler Und das Theater wird dann ein Schabab,
Wo jeder nur auf Pathos sich verpflichtet

Und Purzelbäume schlägt, Pirouetten, Triller
Mit Kraftgejauchze à la *Schubart, Schiller.*

Regisseur Ihr Herrn, mir scheint, der Streit geht schon zu weit.
Es kommt doch darauf an, *was* man tragieret.
Der eine trägt die Kleider eng, der weit,
Weil jeder nur sein Körpermass tangieret.
Lasst jedem, wie's ihn ziert, sein eigen Kleid
Im übrigen die Rollen gut studieret! –
Seht dort den Herrn in seinen langen Falten,
Den fragt, und lasst nur seinen Genius walten!

Sie haben alle den in tiefer Meditation begriffenen Dichter erblickt, der, im Hintergrunde vorüberwandelnd, eben an ihnen vorbeischreiten will.

Direktor He, Freund, Ihr kommt wohl Grade vom Parnass?
Ich seh's am Schritt, ich seh's an Eurer Miene;
Die Stirne ernst gesenkt, die Wimper nass –
Ihr spracht gewiss mit *Klio, Euphrosyne* –
Und hier der Stil, die Rolle – ohne Spass,
Ihr schreibt ja sonst doch für die deutsche Bühne –

Darf ich erfahren, was in Eurem Busen
Erweckt die wechselvollen, keuschen Musen? –

Dichter *trocken*

Ich komm' vom Bräuhaus grad – Ihr Herrn, verzeiht!
Es ist das sonst nicht meine Lieblingsstätte;
Weit lieber weilt' ich in der Einsamkeit,
Wo sich mein Geist wohl reich befruchtet hätte –
Nur um 'nen Stoff zu suchen, wie's gebeut
Die Mode jetzt, trank ich dort um die Wette –
Doch mitten aus der dampferfüllten Stelle
Trieb's mich im Geiste fort zu Himmel, Hölle...
Was um mich herging, nicht vernahm's mein Ohr,
Entrückt war ich in weltentfernte Weiten,
Nur dumpf vernahm ich der Berauschten Chor,
Dieweil ich kniete vor Drei-Einigkeiten...

Alle drei *stürzen auf ihn los*

Ihr schriebt ein Stück!

Schauspieler Die Hölle kommt drin vor!?

Direktor Phantastisch, seh' ich, tut sich's da ausbreiten!

Regisseur Verwandtet Ihr Versenkung;, Flugmaschinen?

Schauspieler Darf ich wohl mit der Teufelsrolle dienen?

Dichter *weicht zurück, ernst*

Ich warne!...

Direktor *entreisst ihm die Rolle*

Her damit! – Ihr wisst ja nie,
Wann Euch einmal ein grosser Wurf gelungen.
Da schreibt Ihr von der Nacht bis in die Früh',
Und habt mit Teufeln und mit Gott gerungen,
Und soll's dann auf die Bühne endlich – sieh,
Da hat Melancholie Euch fast bezwungen.

Regisseur *zum Dichter*

Lasst's ihn nur sehn!

Direktor *die Hand zum Akkord ausstreckend*

Ich nehm's! Tu's blindlings nehmen!
Und später reden wir von den Tantiemen.

Dichter *ernster*

Ich warne vor dem Stück!...

Direktor *beruhigend*

Was kann es sein? –

Dichter Muss, was der Dichter schaut in ernster Stunde,
Wenn er erschüttert, fiebernd und allein,
Denn auf die Bühne gleich, in aller Munde,
Und ausgeschrien auf dem Markte sein?
Die Masse, mit dem Bösen stets im Bunde,
Bläst gleich den Funken auf zum Feuerschein

Direktor *halblaut zu Regisseur und Schauspieler*
Der Kerl hat einen Treffer! – Schafft ihn weiter!
Ich geh' zum Kostümier gleich und zum Schneider.

Regisseur *der mit dem Schauspieler den widerstrebenden Dichter fortdrängt*
Lasst's ihn doch lesen! –

Direktor *zu dem sich schwer fügenden Dichter*
Geht nur mit den beiden!
Denn kommt's zur Probe, braucht's noch manches Wort!
Für sich im Manuskript blätternd, während die andern ab.
Auch der Zensur muss ich's noch unterbreiten,
Sonst streicht sie mir die besten Stellen fort.
„Umsturz" und „Engelsturz" zu unterscheiden,
Ist auf der Polizei just nicht der Ort.

Er schliesst die Rolle und hält sie hoch in der Linken.

Doch komm' ich raus aus all der Not und Enge,

Seh' ich mal wieder Häuser voll Gedränge. *Ab.*

Personen:

Gott-Vater

Christus

Maria

Der Teufel

Das Weib

Ein Cherubim

Erster, Zweiter *und* **Dritter Engel**

Gestalten aus dem Totenreich:

Helena

Phryne

Heloise

Agrippina

Salome

Rodrigo Borgia, Alexander VI., *Papst*

Kinder des Papstes:

Mutter unbekannt:

Girolama Borgia, *vermählt mit Cesarini*

Isabella Borgia, *vermählt mit Matuzzi*

Von der Vanozza:

Pier Luigi Borgia, *Herzog von Gandia*

Don Giovanni Borgia, *Graf von Celano*

Cesare Borgia, *Herzog von Romagna*

Don Joffre Borgia, *Graf von Cariati*

Dona Lucrezia Borgia, *Herzogin von Bisaglie*

Von Julia Farnese, vermählte Orsini:

Laura Borgia, *noch minderjährig*

Giovanni Borgia, *noch minderjährig*

Mätressen des Papstes:

Die Vanozza

Julia Farnese, *vermählt mit Orsini*

Alessandro Farnese, *Julias Bruder, Kardinal*

Dona Sancia, *Schwiegertochter des Papstes, vermählt mit Don Joffre*

Adriana Mila, *Vertraute des Papstes, Erzieherin seiner Kinder*

Neffen des Papstes:

Francesco Borgia, *Erzbischof von Cosenza*

Luigi Pietro Borgia, *Kardinal-Diakon*

Collerando Borgia, *Bischof von Monreale*

Rodrigo Borgia, *Kapitän der päpstlichen Garde*

Vertraute des Papstes:

Giovanni Lopez, *Bischof von Perugia*

Pietro Caranza, *Geheimkämmerer*

Juan Marades, *Bischof von Toul, Geheimintendant des Papstes*

Giovanni Vera da Ercilla, *Mitglieder des heiligen Kollegiums*

Remolina da Ilerda, *Mitglieder des heiligen Kollegiums*

Burcard, *Zeremonienmeister des Papstes*

Ein Priester

Ein deutscher Schulmeister

Erster, Zweiter *und* **Dritter Edelmann**

Pulcinello, *Schauspieler*

Colombina, *Schauspielerin*

Eine Kurtisane

Der Heilige Geist, Erzengel, ältere und jüngere Engel, Amoretten; – Maria Magdalena, Apostel, Märtyrer, barmherzige Schwestern, ein Bote; – Tiere, Fratzen, Gestalten von Toten; – geistliche Würdenträger, päpstliche Hofbeamte, Gesandte, römische Damen,

Kavaliere, Kurtisanen, Schauspieler, Sänger, Kämpfer, Soldaten, Volk.

Zeit. Frühjahr 1495, das erste, historisch beglaubigte Datum vom Ausbruch der Lustseuche.

Erster Aufzug

Erste Szene

Der Himmel; ein Thronsaal; drei Engel in schwanenweissen federdaunartigen Anzügen mit enganliegenden, durch Schleifen gehaltenen Kniehosen, Wadenstrümpfen, kurzen Amorettenflügeln, weissgepuderten, kurzgeschnittenen Haaren, weissen Atlasschuhen; sie haben Flederwische in der Hand zum Abstauben.

Erster Engel. Heut steht ER wieder spät auf.

Zweiter Engel. Seid froh! Dieses Gehust', dieses wasserblaue Geglotz', dieses Schleimfliessen, Fluchen, Spucken den ganzen Tag – man kommt zu keinem gesunden Augenblick.

Dritter Engel. Ja, es ist merkwürdig da heroben!

Erster Engel. A propos! Ist der Thron festgemacht?

Zweiter Engel. Ja, um Gottes willen! Ist der Thron festgemacht? Er wackelte gestern.

Dritter Engel. Wer wackelte gestern?

Erster Engel. Der Thron, dummes Gänschen!

Dritter Engel *verwundert*. Der Thron? – Warum wackelt der Thron?

Erster Engel. Enfin, er wackelt eben.

Dritter Engel. Wie? Wackelt denn hier herobөн überhaupt etwas?

Erster *und* **zweiter Engel** *laut auflachend*. Ha, ha, ha, ha! –

Dritter Engel *immer ernster und erstaunter*. Ja, warum wackelt der heilige Thron?

Erster Engel *energisch*. Dummes Gänschen! Weil hier sowieso alles aus dem Leim geht und lidschäftig wird, Götter und Möbel, Fransen und Tapeten.

Dritter Engel *innerlich erbebend*. Gott, wenn das meine Mutter wüsste!

Zweiter Engel *stirnrunzelnd und höhnisch*. Deine Mutter? – Was willst du denn mit deiner Mutter, Fratz?

Dritter Engel. Ach, sie liess doch heute die sechzigste Seelenmesse für mich lesen!

Erster *und* **zweiter Engel** *mit wachsender Verwunderung*. Für dich?! - *Beide laut auflachend.* Ja, wie alt bist denn du?

Dritter Engel *sich besinnend und dann mit Pathos zitierend*. „Vor Gott sind tausend Jahre wie ein Tag, und ein Tag wie tausend Jahre!"

Erster *und* **zweiter Engel** *ihr abwinkend und sie zur Räson bringend; sehr breit*. Ja, ja, ja, – is schon recht; das wissen wir schon! – Aber wie alt warst du denn drunten?

Dritter Engel *kindlich.* Knapp vierzehn Jahre!

Erster Engel *lachend.* Und da brauchst du Seelenmessen?

Dritter Engel *zaghaft.* Ach, ihr wisst ja nicht, ich bin ja gestorben!

Erster *und* **zweiter Engel** *noch lauter lachend.* Ha, ha, ha! Hi, hi! – No, natürlich, sonst wärst du ja nicht hier! –

Dritter Engel *mit unverrückbarem Ernst.* Ach, ihr wisst ja nicht, ich bin ja in Sünden gestorben!

Erster *und* **zweiter Engel** *aufs neue lachend.* Das auch noch! – Du armer Schlucker, was hast da denn getan?

Dritter Engel: *stockt, schaut mit starren Augen ihre Genossinnen an und faltet die Hände.*

Zweiter Engel: *höhnisch.* Hast deine Schulaufgabe nicht gelernt? – Hast Kleckse in dein Schreibheft gemacht?

Dritter Engel: *immer in ängstlich-gespannter Haltung* Ach, mir wird so bang; – nicht wahr, ihr sagt es nicht weiter?!

Erster *und* **zweiter Engel** *sich ausschüttend vor Lachen.* Was? Da heroben und nichts weitersagen?!

Dritter Engel: *erstaunt.* Was? Ihr wisst es schon?

Erster Engel. Nein! Aber sag's nur heraus; wir erfahren's doch!

Zweiter Engel. Also frisch! Was war's?

Dritter Engel. Ach, mich hat ein grosser Mann – erdrückt!

Erster Engel *betonend.* Erdrückt?

Dritter Engel. Oder vergiftet!

Zweiter Engel *ebenso betonend* Vergiftet?

Dritter Engel *naiv.* Ich weiss nicht mehr, wie die Mutter sagte.

Erster Engel *mit wachsendem Erstaunen.* Ja, war denn die Mutter dabei?

Dritter Engel *mit glänzenden Augen erzählend.* Die war im Nebenzimmer; – aber die Tür war halb offen; da kam ein grosser, alter Mann herein; – die Mutter hatte gesagt, ich sollte alles geschehen lassen; – der Mann sei der Rektor der Schule und sei sehr streng; – und wenn ich in allem gehorsam sei – käme ich unter die Ersten; – und der grosse, alte Mann –

Erster *und* **zweiter Engel** *drängend.* Nun, der grosse, alte Mann...?

Dritter Engel *fortfahrend.* ... war sehr stark.

Erster *und* **zweiter Engel** *sich gegenseitig anschauend und die Kleine imitierend.* Der grosse, alte Mann war sehr stark!

Zweiter Engel. So steht's im Ollendorf auch.

Erster Engel *die Kleine aufrüttelnd.* Nun, was tat denn der grosse, alte Mann?

Dritter Engel *herausbrechend.* Er drückte mich und vergiftete mich und bespie mich mit seinem heissen Atem und wollte in meinen Leib eindringen...

Erster *und* **zweiter Engel** *die Hände zusammenschlagend, mit verstellter Verwunderung.* Was? – Und die Mutter kam Dir nicht zu Hilfe?

Dritter Engel. Sie stand an der Türspalte und sagte immerfort: „Sei nur brav, Lilli, sei nur brav, Lilli!"

Zweiter Engel. Nun, und dann?

Dritter Engel. Dann lag ich schluchzend auf dem Bett.

Erster Engel. Und dann?

Dritter Engel *sich besinnend.* ... ich hörte dann noch die Mutter mit dem Manne reden...

Zweiter Engel. Was sprachen sie?

Dritter Engel *sich tief besinnend.* ... ich weiss es nicht mehr... sie waren schon im Nebenzimmer... ich hörte noch die Zahl fünfhundert...

Erster Engel. Und dann?

Dritter Engel *sich immer länger besinnend.* ... die Mutter kam herein... sie sagte, nun hätten wir viel Geld, und könnten lustig und vergnügt für immer leben... *Die Gedanken gehen ihm aus.*

Erster Engel *drängend.* Und dann? –

Zweiter Engel *ebenso.* Und dann? Und dann?

Dritter Engel *fast verklärt.* Dann bin ich gestorben.

Erster *und* **zweiter Engel** *fahren, die Hände über dem Kopf zusammenschlagend, mit einem schrillen, lang anhaltenden, mädchenhaft-gilfenden Ton, wie um eine innere Erregung* *ausströmen zu lassen, auseinander und, wie zwei Kreisel pfeifend, in der weitesten Rundung im Saal herum; die Dritte noch immer in starr verklärter Stellung.*

Erster Engel *nach längerem Umhersausen, atemlos.* Und da lässt dir jetzt deine Mutter für das viele Geld Seelenmessen lesen?!

Dritter Engel *weinerlich-ängstlich.* Ich bin ja in Sünden gestorben!

Zweiter Engel *eindringlicher.* Für die fünfhundert Mark oder Taler oder Franken lässt dir jetzt deine Mutter Seelenmessen lesen?!

Dritter Engel *missverstehend-naiv.* ... für einen Teil des Geldes.

Zwei ältere Engel *kommen schnell hereingestürzt mit dem Ruf* ER kommt! – ER kommt! – Ist alles parat? – *Die drei fahren auseinander und machen sich an die Arbeit.*

Erster Engel. Um Gottes willen, seht, ob der Thron fest ist! *Einer der Engel macht sich am Thron zu schaffen. Andere Engel kommen inzwischen, bringen Decken, Polster, Kissen und dergl.*

Zweiter Engel *hopst auf den Thron und probiert ihn nach allen Seiten.* Alles fix!

Erster Engel *zum dritten, der noch scheu ist, Hand anzulegen, und verwundert dem ganzen Treiben zuschaut.* Du, davon musst du mir noch mehr erzählen. – Jetzt stell' dich zu uns her!

Die zwei älteren Engel *die bisher aussen an der Türe Wache gestanden haben, kommen jetzt, wie oben, eilfertig zurück, übermässig mit den Armen fuchtelnd, und mit dem gleichen Rufe* ER kommt! – ER kommt! – *Man hört draussen schlappendes und schleppendes Geräusch.*

Zweite Szene

Die Vorigen; Gott-Vater, ein Greis im höchsten Lebensalter mit silberweissen Haaren, ebenso Bart, hellblauen wässerigen Glotzaugen, tränengefüllten Augensäcken, gebeugten Hauptes, kyphotischen Rückgrats, kommt in langem, talarartigem, missfarbigweissem Gewande, von zwei Cherubim rechts und links gestützt, hustend und brustrasselnd, schwerfällig tappend und nach vorn geneigt, hereingeschlappt; zwei Engel stehen am Thron und halten diesen; die übrigen stürzen auf die Knie, wenden das Gesicht zur Erde und breiten die Arme aus; hinter Gott-Vater ein endloses Kortege von Engeln, Seraphim, Türstehern, Aufwärtern, alles weiblich oder geschlechtslos, mit teils alltäglich-gelangweilten, teils fürwitzigen, teils ängstlich-besorgten Gesichtern, sowie einige nonnenartig gekleidete barmherzige Schwestern mit Medizinflaschen, Decken, Spucknäpfen und dergl. – Sie geleiten Gott-Vater langsam vorsichtig zum Thron, helfen ihm die zwei Stufen hinauf, indem sie unten seine Beine fassen und hinaufheben, drehen ihn dann oben um und lassen ihn langsam auf den im ältesten byzantinischen Stil gehaltenen, mit reichem Mosaik verzierten Sitz nieder, indem zwei vorne, zwei hinten und je einer an den beiden Seiten ihn teils stützen, teils in Empfang nehmen; ein letzter Engel trägt die Krücken nach.

Gott-Vater *sinkt mit einem verzweifelnd ausgestossenen, lebenssatt-rauhen Exspirationsseufzer auf den Thron nieder.* Ach! *– Glotzt dann starr und bewegungslos, aber schwer atmend vor sich hin.*

Alle Engel, auch die bis dahin in adorierender Stellung gewesenen, in hastig hin- und herlaufender Bewegung.

Cherubim *in flüsternd-drängendem Befehlston.* Die Fussbank!

Ein Engel *bringt eilig das Gewünschte.* Die Fussbank.

Cherubim *die Fussbank untersetzend; wie oben.* Die Wärmeflasche!

Ein Engel *bringt sie.* Die Wärmeflasche.

Cherubim *wie oben.* Den Fusssack!

Ein Engel *eilig.* Den Fusssack.

Cherubim *wie oben.* Die Steppdecke!

Ein Engel *bringt sie, eilig.* Die Steppdecke.

Cherubim *wie oben.* Die Schlummerrolle!

Ein Engel *bringt sie.* Die Schlummerrolle.

Cherubim *wie oben.* Den Rückenwärmer!

Ein Engel *bringt ein sechsfach zusammengelegtes weiches Flanellstück.* Den Rückenwärmer.

Cherubim *immer hastiger befehlend.* Die Armpolster!

Ein Engel *bringt zwei Hohlkissen für die Armlehnen.* Die Armpolster.

Cherubim *wie oben.* Das Foulard!

Ein Engel *bringt ein kirschrotes Seidentuch.* Das Foulard.

Während der Cherubim das Tuch um den Hals des Greisen windet, hört man

Gott-Vater *unartikuliert-rauh stöhnen und jammern.* Äh! – Äh! – Äh! – Äh! –

Verschiedene Engel. Wo fehlt's? – Was ist? – Helft! Helft! – Wo fehlt's? –

Gott-Vater *mit vorgebeugtem Kopfe weiterstöhnend.* Äh! – Äh! – Äh! – Äh! –

Alle Engel *sammeln sich in grosser Bestürzung um den Thron; einige knien nieder und schauen ängstlich* – Helft! – Helft! – – Wo fehlt's? – Wo fehlt's? – Göttliche Majestät, wo fehlt's? – ER stirbt uns! – Holt Maria! – Holt den Mann – Helft! – Helft! –

Gott-Vater *weiterstöhnend; wird engourdiert im Gesicht; aus den Augensäcken rollen grosse Tränen infolge der Anstrengung.* Äh! – Äh! – Schu! – Schpu! – Schpu! –

Ein Engel *springt auf, triumphierend, mit heller, lauter Stimme.* Die Spuckschale!!

Alle Engel *aufspringend, in klirrendem Diskant, erlösend.* Die Spuckschale!!

Alle eilen zu einem Tisch, wo Medizinflaschen, Weinkaraffen, Biskuitgläser u. dergl stehen und bringen eine rosarote Kristallvase.

Gott-Vater *räuspernd, kollernd, sich abmühend, erleichtert sich endlich.*

Ein Engel nimmt die Spuckschale zurück, trägt sie, von anderen begleitet, feierlich nach hinten: ein anderer Engel wischt dem Alten mit einem seidenen Tuch den Bart ab; dann stehen alle Anwesenden, dicht gesammelt, erwartungsvoll um Gott-Vater herum. – Dieser schaut erst lange mit glasig-starren Blicken im Kreise umher, packt dann plötzlich mit zitternden Händen die Krücken, die ihm im Schoss liegen, und stösst sie mit unerwartetem Ruck und heiserem, fürchtenmachendem, fingiertem Gebrüll gegen die Engel vor: „Wuh! – Wuh! –" Die Engel fahren kreischend auseinander und fliehen zu den Türen hinaus. – Nur ein Cherubim bleibt zurück, der kniend, mit in den Händen vergrabenem Gesicht, sich vor ihm niederwirft. – Lange Pause. –

Dritte Szene

Gott-Vater. Ein Cherubim; dieser, ein geschlechtsloser Engel, gefittticht, weiss, sehr schön von Angesicht, im Charakter des Antinous, kniet während der ganzen Szene.

Gott-Vater *nachdem er lange auf ihn herabgesehen, sehr ruhig, mit tief genommenem Bariton.* Rollt die Erde noch in ihren Sphären? –

Cherubim *die Augen aufschlagend, feierlich.* Die Erde rollt in ihren Sphären! – *Pause.*

Gott-Vater *wie oben.* Ist die Sonne schon aufgegangen?

Cherubim *zögernd.* Die Sonne steht, heiligster Vater!

Gott-Vater *ruhig-unbekümmert. Steht* die Sonne ? – Ach so, ich hab' vergessen. – Ich sehe sie ja fast nicht mehr! –

Cherubim. Was machen deine Augen, ehrwürdiger Vater? –

Gott-Vater. Schlecht! – Schlecht! – Gott, ich bin alt geworden! –

Cherubim *feierlich.* Vor dir sind tausend Jahre wie ein Tag! –

Gott-Vater. Ja, ja; aber schliesslich gehen die auch herum!

Cherubim. Du wirst wieder besser werden, göttlicher Greis!

Gott-Vater. Nein, ich werde nicht wieder besser werden! *Ausbrechend.* Gott, ist das schrecklich, alt zu sein! – Gott, wie ist das schrecklich, das Alter auch noch *ewig* leben zu müssen! – Grässlich, ein blinder Gott zu sein!

Cherubim Du wirst wieder sehend werden, göttlichster, heiligster Vater! –

Gott-Vater *bestimmt.* Nein, ich werde nicht wieder sehend werden! – Ich werde immer älter, zerbrechlicher und elender! Gott, wenn ich sterben könnte!

Cherubim *sanft.* Du wirst nicht sterben! – Du kannst nicht sterben! – Du sollst nicht sterben!'

Gott-Vater *gerührt, leise weinend.* Ach, meine Glieder, sie sind gekrümmt, verschwollen, wassersüchtig, kontrakt, verdorben.. . *streicht die Knie hinab.*

Cherubim *rutscht ganz nahe zu ihm hin, legt seinen Kopf auf das Knie und streichelt mit der Hand das andere; leise wimmernd, mit tiefer Teilnahme, den Alten kindlich imitierend.* Deine Glieder sind gekrümmt, – sind geschwollen, – sind wassersüchtig, – sind kontrakt, sind verdorben... Ach! – Ach! –

Gott-Vater *intensiver weinend.* Meine Füsse sind vergichtet, verknorpelt, brennend vor Schmerzen, zuckend und zerrissen...

Cherubim *rutscht hinunter auf die Füsse des Alten, liebkost sie, weint und jammert.* Deine Füsse sind vergichtet, – sind verknorpelt, sind brennend vor Schmerzen, – zucken und sind zerrissen... Ach! – Ach! –

Gott-Vater *bricht in heftiges, schmerzhaftes Schluchzen aus.* Ach! – Ach! –

Cherubim *stürzt sich ganz zu Boden und umschlingt beide Füsse, sein Gesicht in denselben schluchzend verbergend.* Ach, mein Gott! Mein Gott! –

Gott-Vater *will sich gerührt vorbeugen, streckt beide Arme nach dem Knaben aus, kann ihn aber nicht erreichen, während dicke Tränen auf den Kopf des Cherubim herabtropfen.*

Cherubim *dessen gewahr, schnellt empor und bringt sich, in halb kniender Stellung den Körper des Alten umschliessend, ihm entgegen.*

Gott-Vater *ergreift in heftiger Leidenschaft den Kopf des Knaben mit beiden Händen, druckt sein nass-verschwommenes Gesicht an* *dessen Wangen und küsst, von Schluchzen unterbrochen, brünstig dessen Stirne, Augen, Haare. Beide, in Tränen aufgelöst, ruhen, während der heftige Ausbruch des Alten zu versiegen beginnt, in stummer Umarmung aneinander. – In diesem Augenblick klopft es draussen.*

Cherubim *fährt empor.* Es ist jemand draussen!

Gott-Vater *müd.* Sieh, wer es ist!

Cherubim *nachdem er sich an der Tür flüsternd erkundigt, kommt er zurück.* Ein geflügelter Bote ist draussen, der will dir Nachricht bringen; er tut sehr eilig.

Gott-Vater *gleichgültig.* Lass ihn herein! –

Vierte Szene

Die Vorigen, ein gefittichter, auch an den Füssen geflügelter Bote von reiferem Charakter, kommt in Begleitung zweier Engel in grosser Aufregung herein.

Bote *sinkt in den Staub und küsst den Boden; richtet sich dann kniend auf.* Herr, ich komme aus Italien; aus Neapel; Grässliches muss ich dir berichten; der Pfuhl der Sünde stinkt bis da herauf;

alle Bande der Sittlichkeit sind gelöst; man hohnlacht deiner heiligen am Berge Sinai von dir selbst gegebenen Gebote; die Stadt, vom Franzosenkönig belagert, ergibt sich den entsetzlichsten Greueln; Weiber laufen mit entblösstem Busen frech lüstern durch die Strassen; die Männer funkeln wie Böcke; ein Laster folgt dem andern, das Meer brandet bis in ihre Gassen; die Sonne hat sich schon verdunkelt; aber sie achten weder irdischer noch himmlischer Zeichen; die Unterschiede der Stände sind aufgehoben; der König bricht ins Lupanar; und der Facchino dringt zu den feilen königlichen Metzen in den Palast; Hunde und Spielhähne haben ihre Brunstzeit, aber die Neapolitaner sind das ganze Jahr Tiere; die ganze Stadt ein kochender Kessel der Leidenschaft; Italien ist das liebeswahnwitzigste unter den Völkern Europas; aber Neapel ist in Italien, was Italien unter den Völkern; die Belagerung hat den Rausch der Geschlechter bis zum Wahnsinn gesteigert; kein Alter wird geschont, keiner Jugend sich erbarmt; Zeugungsglieder in unermesslicher Grösse werden als Gottheiten in festlichem Aufzug durch die Strassen geführt, von Reigen junger Mädchen begleitet, und wie allmächtige Idole angebetet. Und in deiner Kirche sah ich den Priester vor dem Altar mit einer feilen Dirne...

Gott-Vater *der dem Gang der Erzählung mit wachsendem Erstaunen zugehört, erhebt sich, seines Zornes nicht mehr mächtig, mit äusserster Kraftanstrengung vom Thron und reckt die geballte Faust.* Ich will sie *zerschmettern! – Alles stürzt zu Boden und verbirgt das Antlitz.*

Cherubim *mit flehender Gebärde.* Tu das nicht, lieber, heiliger Vater; – – – du hast ja sonst keine Menschen mehr! –

Gott-Vater *der den Cherubim lange mit offenem Munde angestarrt, sich besinnend, zusammenknickend.* Ja so, – richtig, – richtig, – ich hab' vergessen – *vollends auf den Thron zurücksinkend* – das Erschaffen ist ja vorbei; – ich bin zu alt; – und meine Kinder können es nicht. –

Cherubim *naiv.* Beruhige dich, göttlicher Greis! – Du wirst dein drohendes Gesicht aus den Wolken zeigen und den Neapolitanern eine Zornesrede halten; sie werden dann schaudern.

Gott-Vater. Sie werden nicht schaudern! – Sie verlachen mich ja! – Sie wissen, dass ich nur reden kann. Sie wissen, dass sie da unten unter sich sind; freien, lieben und hassen können, und mich nicht mehr brauchen. – *Auffahrend.* Aber du – *zum Boten* – rufe mir meine Tochter, die allerseligste Jungfrau, – und auch meinen Sohn magst du rufen, – und die Cherubim und Würgengel mögen sich für meinen göttlichen Befehl bereit halten; – und auch dem Teufel lass' ich vermelden, er möge sich zu mir bemühen; wir wollen ein Konzil halten und beraten, was in dieser grässlichen Sache zu tun ist.

Bote und alle übrigen Engel bis auf den Cherubim unter grossem Geräusch ab. – Der Cherubim bemüht sich um den erschöpften Alten, bettet ihn aufs neue auf dem Thron, rückt Fussschemel und Wärmeflasche zurecht, knüpft ihm das Foulard, wischt ihm Gesicht und Bart ab, und schmiegt sich zuletzt zu seinen Füssen, während der Alte dessen Hand ergreift und in der seinen ruhen lässt. – Stumme Szene.

Fünfte Szene

Die Vorigen. Maria, von einer Schar jugendlich-amorettenhaft gekleideter Engel, die ihr vorauseilen und ihr Blumen streuen, sowie von erwachsenen Engelsknaben, die Lilienstengel tragen, gefolgt und begleitet, kommt in hochmütig-stolzer Haltung, eine kleine goldene Krone auf dem Haupte, in einem blauen, sternbesäeten Kleid, welches vorne das weissseidene Untergewand erblicken lässt, durch die Haupttüre herein, macht in Front von Gott-Vater, von dessen Thronesstufen sich der Cherubim inzwischen zurückgezogen, eine steife, hofmässige Verbeugung und begibt sich dann auf einen zweiten, in der Zwischenzeit von dienstbaren Engeln, etwas entfernt von Gott-Vater, ebenfalls an der Wand zurechtgerichteten Thron, der, mit hoher Rücklehne, im Stile sich der Zeit der Minnesänger anpasst. Sie verweilt dort während des Folgenden, von ihrem Engelschor umgeben, ausschliesslich mit Herrichtung ihrer Toilette, unter Benutzung eines kleinen Spiegels, sowie mit Selbstbesprengung durch wohlriechende Wasser beschäftigt. – Ein weiches Geflüster schalkhafter, augenschmeissender Amoretten macht sich um sie vernehmbar. – Währenddem unterhalten sich auf der entgegengesetzten Seite, links im Vordergrund, die drei aus der ersten Szene bekannten Engel.

Erster Engel. Der *Mann* kommt.

Zweiter Engel *in die Hände patschend.* Der *Mann*, der *Mann* kommt.

Dritter Engel *aufhorchend ernsthaft.* Der Mann? Wer ist der *Mann*?

Zweiter Engel. Ach, der *Mann* – du kleines Äffchen – das ist der *Mann*!

Erster Engel *belehrend.* Das ist der schönste, der zarteste, der zuckrigste *Mann*; der einzige *Mann* im Himmel; das ist der *Mann.*

Dritter Engel *neugierig.* Ist er jung?

Erster Engel. Wie eine Palme.

Dritter Engel *nach einigem Besinnen.* Ist er jünger wie der alte Mann dort?

Erster *und* **zweiter Engel** *sich gegenseitig ins Wort fallend.* Hunderttausendmal jünger!

Dritter Engel *nach weiterem Besinnen.* Ist er jünger wie die schöne Frau dort?

Erster *und* **zweiter Engel** *wie oben.* Tausendmal, tausendmal jünger!

Dritter Engel *sich wieder besinnend.* Ist er jünger wie der garstige alte Mann drunten auf der Erde?

Erster *und* **zweiter Engel** *wie oben.* Unendlich oftmal viel jünger!

Dritter Engel *sich erwärmend.* Ist er schön?

Zweiter Engel. Weiss wie Elfenbein!

Dritter Engel. Ist er schlank?

Erster Engel. Wie eine Tanne!

Dritter Engel. Was hat er für Augen?

Zweiter Engel. Wie eine Gazelle!

Dritter Engel. Wie spricht er?

Erster Engel *sich besinnend.* Wie eine Äolsharfe! – Aber traurig, traurig!

Dritter Engel *teilnahmsvoll.* Warum ist er traurig, der *Mann*?

Zweiter Engel. Er ist ja verwundet!

Dritter Engel *mit stummer Geste fragend.*

Erster Engel. Sie haben ihn ja in die Hände gestochen!

Zweiter Engel. Und durch die Füsse!

Erster Engel. Und in die Seite hinein!

Zweiter Engel. Und von der Stirn unter den Haaren herab fliessen Blutstropfen!

Dritter Engel *der mit wachsender Verwunderung zugehört.* Aber er *lebt*?

Erster *und* **zweiter Engel.** Er *lebt*!

Man hört draussen das Sichnahen eines Zuges. Eine Schar junger, mädchenhafter Engel stürzt voraus.

Erster *und* **zweiter Engel.** Der *Mann* kommt!

Dritter Engel *laut repetierend.* Der *Mann* kommt! *Sie treten etwas zurück, um Platz zu machen.*

Die vorauseilenden Engel *zwitschernd, kichernd. Der Mann! Der Mann!*

Christus, mit gestreckten, nach vorn übereinandergeschlagenen Armen (Ecce-homo-Stellung), kommt im weissen Talar mit übergeschlagenem Purpurmantel, als König der Juden, gesenkten Kopfes und mit tieftrauriger Miene skandierten Schrittes herein, umgeben von meist älteren Engeln, die Kreuz und Marterwerkzeuge tragen; in seinem Gefolge Apostel, Märtyrer, Maria Magdalena, Klageweiber. Er ist sehr jugendlich, blass, mit dunklen Haaren, leichtem Flaumbart, eine hochaufgeschossene, ätherische Erscheinung;

auch das Gefolge hat den Charakter tiefer Niedergeschlagenheit und Hinfälligkeit. Die jüngeren Engel drängen sich mit feurigen Blicken um ihn, suchen seinen Gewandsaum zu berühren. Er begibt sich, gleichgültig von Gott-Vater beobachtet und gänzlich unbeachtet von Maria, selbst in seiner Passivität von niemandem Notiz nehmend, zu einem für ihn inzwischen aufgeschlagenen, etwas abseits von den anderen stehenden Thron, der die primitive Gestalt eines jüdischen Lehrstuhls hat. Dort lässt er sich, seine Ecce-homo-Stellung beibehaltend, in grosser Apathie nieder, während sich sein Gefolge um ihn gruppiert.

Nachdem alles sich versammelt und die Engelsgruppen in der Front von den drei Thronen, wo sie den ganzen Vordergrund einnehmen, sich kniend niedergelassen.

Gott-Vater *feierlich mit tiefem Pathos.* Sind wir alle versammelt? –

Im nächsten Augenblick fährt ein feuriger Streifen pfeifend wie eine Rakete oben am Gewölbe quer durch den Saal, in der Ferne klirrend verhallend: der Heilige Geist. – Alles blickt mit feierlicher Geste, die Engel die Hände auseinanderspreitend, nach oben; nur Maria schaut, den Kopf nachlässig auf die linke

Thronlehne gestützt, gleichgültig vor sich hin; während Christus, die Arme über der Brust kreuzend, das Haupt noch tiefer senkt und so längere Zeit in tiefer Zerknirschung verweilt.

Gott-Vater *nach einer Pause, während der alle in die frühere Stellung zurückkehren.* Wir haben euch hierher berufen, um euren Rat in einer schweren, entsetzlichen Sache zu vernehmen. – Die Menschen haben sich, meine Gebote missachtend, in götzendienerischer, selbstzerstörender Weise den schrecklichsten Ausschweifungen, den fürchterlichsten Greueln hingegeben. In einer Stadt – in Asien – in – in – wo war es nur gleich?...

Cherubim *in nächster Nähe von Gott-Vater mit emporgefalteten Händen.* In Neapel, heiligster Vater. –

Gott-Vater *sich erinnernd.* In Neapel haben sie unter gänzlicher Verschiebung der die Scham garantierenden Kleider sich wie Tiere, mit rücksichtsloser Verachtung der für die fleischlichen Instinkte gesetzten Schranken und Vorbehalte, vermischt, und so den göttlichen Zorn...

Maria *einfallend, leichthin.* Ach ja, ich hab' davon gehört.

Gott-Vater *erstaunt aufhorchend.* Wie? Was ist das?

Maria *wie oben.* Ja, ich kenne die Affäre. Der Bote war zuerst bei mir... *Hält sich plötzlich den Mund zu, als wolle sie's zurücknehmen.*

Gott-Vater *blass vor Zorn, will auffahren, sucht den Boten unter den Versammelten, blickt dann wieder schnaubend zu Maria hinüber.*

Cherubim *mit stummer Geberde, bittet den Alten, sich zu bemeistern, und hält unverwandt in seinem Bitten an.*

Gott-Vater *schluckt es hinunter, bitter.* Dann seid ihr alle orientiert. *Kämpft noch längere Zeit mit seiner Erregung* - – Die schrecklichste Strafe haben wir bei uns beschlossen...

Maria *dazwischenfahrend.* Das Gesindel wird nie besser.

Christus *blickt matt auf, mit schwindsüchtiger Stimme und gläsernem Aug', nachlallend.* Nein, – das Gesindel – wird nie – besser.

Die Engel *unter sich, sich anstossend. Der Mann! Der Mann! –*

Maria Magdalena *bitter.* Was haben sie denn getan?

Maria *kurz.* Ich sag' dir's nachher! Cochonnerien, wie gewöhnlich.

Gott-Vater *erbost.* Wir wollen sie *verderben*!

Christus *wie oben.* Ja, ja, – wir wollen sie verderben!

Chor der Apostel, Märtyrer, Engel *bedauernd.* Ah! – Ah! –

Christus *nicht orientiert.* Hä?

Maria *kurz, imperatorisch.* Nein, nein! Das geht nicht! Wir müssen sie doch haben.

Christus *nachsprechend.* Ja, – ja, – wir müssen sie haben.

Gott-Vater *sich in der Minorität fühlend, zornig.* Müssen wir sie haben? – Ich will sie ausrotten, diese Scheusale. – Will – will – will wieder eine schöne Erde haben mit Tieren im Walde...

Maria *spöttisch.* Wenn wir Tiere haben, müssen wir Menschen auch haben.

Maria Magdalena *teilnahmsvoll.* Die Sünde dient zur Läuterung.

Gott-Vater Sie fressen die Sünde wie süssen Kuchen, bis sie platzen, bis sie faulen.

Maria *trocken.* Die Begattung müssen wir ihnen schliesslich lassen. – Ein Stückchen Wollust muss man ihnen gönnen – sonst hängen sie sich am nächsten Baum auf. *Der Alte schaut immer zorniger, sprühender herüber.* Bei der Nacht! Bei der Nacht! – Im

Frühjahr! – Zu gewissen Zeiten! – Wenn der Mond scheint! – Mit Mass und Ziel!...

Gott-Vater *immer zorniger.* Ich will sie erschlagen wie zwei geile Hunde – in ihrem schönsten Rausch!.. . *Grosse Bewegung in der Versammlung. Die jüngeren Engel blicken sich staunend an.*

Maria *trocken.* Wer macht dann die Menschen!

Während die Apostel sich eifrig unterhalten und eine peinliche Empfindung durch den ganzen Saal geht, starrt der Alte mit glühendem Kopfe schwer keuchend vor sich hin; er wird immer dunkler im Gesicht, kollert und rasselt; ein Erstickungsanfall scheint im Anzuge zu sein; er fuchtelt mit den Armen herum; wirft Decken und Krücken von sich; stöhnt und brüllt; man eilt ihm zu Hilfe: bringt Spuckschale, Flaschen mit ätherischer Flüssigkeit; Maria ist besorgt aufgesprungen; Christus, vor Schwäche sitzen bleibend, blickt mit lechzenden, glasigen Augen herüber; grosse Verwirrung. Der Alte weist aber alle Hilfe und Unterstützung mit wilder Gebärde von sich, nimmt alle Kraft zusammen und brüllt mit furchtbarer Anstrengung.

Gott-Vater. *Ich will sie zerschmeissen – zertreten – im Mörser meines Zorns – zerschmettern. Ist im Begriffe, sich zu erheben und* *zu einem allmächtigen, unwiderruflichen, mit der Tat identischen Schlag auszuholen.*

Cherubim *stürzt in diesem Moment hervor, wirft sich vor dem Alten hin, mit flehender Stimme.* Heiligster, göttlichster Vater, morgen ist *Ostern*! – Drunten essen sie das *Passahmahl*!

Chor der Apostel, Märtyrer, älteren Engel *einfallend.* Sie essen das Passahmahl.

Gott-Vater *der innegehalten.* Was essen sie? –

Cherubim und die anderen. Sie essen das Passahmahl!

Gott-Vater *blickt verwundert um sich.* Das Passahmahl essen sie?

Chor der Apostel. Sie essen das Osterlamm!

Cherubim. Sie essen das Abendmahl!

Gott-Vater *sich besinnend.* Das Abendmahl?

Cherubim. Sie essen das Fleisch und Blut Christi!

Gott-Vater *etwas wärmer.* Mein Sohn, sie essen *dich*!

Christus *mit matter Stimme.* Ja, sie essen mich.

Maria *mit gemachter Zärtlichkeit.* Mein lieber Sohn, den ich in meinem Leibe getragen habe!

Christus *kindlich.* Den du in deinem Leibe getragen hast.

Gott-Vater *mechanisch.* Den sie in ihrem Leibe getragen hat.

Die jüngeren Engel *unter sich flüsternd.* Der *Mann!* – Der *Mann!* –

Maria *wie oben.* Dich essen sie!

Christus *wie oben.* Mich essen sie.

Gott-Vater *wie oben.* Ihn essen sie.

Christus *auffahrend.* Ja, und trotzdem werden wir da heroben immer elender und schwächer! – Es ist entsetzlich! *Hüstelt.* Mich essen sie, und werden wieder gesund und sündenfrei. Und wir gehen immer mehr zugrunde. Erst fressen sie sich drunten mit Sünden voll, bis zum Platzen, und dann geniessen sie mich, und gedeihen, und werden sündenfrei, und dick und fett; und wir werden mager und elend. Ah! diese vermaledeite Rolle! Ich möchte einmal den Spiess umkehren und *mich* satt essen, und *sie* darben lassen! *Bricht in einen schwindsüchtigen Husten aus.*

Maria *aufspringend und zu ihm hineilend, besorgt.* Mein Gott, mein Sohn, vergiss nicht, du bist unverletzlich, göttlich, unaufzehrbar, in alle Ewigkeit derselbe! *Legt sein Haupt an ihre Brust und liebkost ihn.*

Christus *schluchzt heftig an der Brust Marias.*

Die jüngeren Engel *unter sich flüsternd.* Der *Mann!* – Der *Mann!* –

Gott-Vater *nach einer Pause, viel ruhiger geworden, zu Cherubim.* Wer feiert denn da drunten jetzt alles Passahmahl? –

Cherubim *einfallend.* Die Christen, heiliger Vater! Deine Gläubigen, göttlicher Meister; deine Kinder, die auf dich hoffen; die Frommen, die Katholischen, die alleinseligmachende Kirche, deine Priester, die Bischöfe, der Papst! –

Gott-Vater *gern glaubend, freundlich.* So! – Das wollen wir doch einmal ansehen!

Maria *glücklich, dass ein Ausweg gefunden.* Ja, das wollen wir uns einmal ansehen! *Zu Christus.* Komm, mein Sohn, wir wollen uns das einmal ansehen, das wird dich zerstreuen!

Grosse Erleichterung in der ganzen Versammlung; die kompakten Gruppen lösen sich auf; jüngere Engel verlassen den Saal; dienstbare Geister machen sich an den Thronen zu schaffen, um alles wieder in prächtige, geschmückte Ordnung zu bringen; alles medizinische Geräte wird entfernt; dafür werden eigentümliche grosse Dreifüsse während des Folgenden hereingebracht; die Gruppen der Apostel, Märtyrer, Engel, barmherzigen Schwestern entfernen sich in feierlicher Ordnung; so dass zuletzt nur die drei Gottheiten, der Cherubim und einige ältere Engel zurückbleiben.

Gott-Vater *der bequem auf seinem Thron in halbliegender Stellung gebettet ist, in tief-sonorem, feierlichem Ton.* Bringt Uns die Räucherbecken und Kohlenpfannen, – und erzeugt in Uns Allwissenheit und Allgegenwärtigkeit! –

Die Dreifüsse werden in die Mitte des Saales gestellt, mit einer braunen Droge, gemischt mit Sandelholz, beschickt, und dann angezündet; die Türen werden geschlossen; die dienstbaren Engel entfernen sich, als letzter der Cherubim. Man sieht die drei Gottheiten, während sich die Dampfwolken verbreiten, langsam zurücksinken und die Augen schliessen. Währenddem fällt der Vorhang.

Zweiter Aufzug

Ein Prunksaal im päpstlichen Palast in Rom, den im Hintergrunde Arkaden mit darüber befindlicher Galerie im Rundbogenstil abschliessen; der Saal ist rückwärts als an die

Privatkapelle des Papstes anstossend gedacht, mit der eine Kommunikation von der im ersten Stock befindlichen Galerie aus durch Öffnen der daselbst sichtbaren Fenster möglich ist, derart dass die Galerie mit dem Sängerchor der Kapelle etwa in gleicher Höhe liegend gedacht ist. – Die ganze linke Seite (von der Bühne aus) nehmen der Papst mit seiner Familie, der päpstliche Hofstaat und die tafelnden Gäste ein, wo reichbesetzte Tische mit kostbarem Service und hellen, auffallend hohen, dreiarmigen Kandelabern zu sehen sind. Die ganze Mitte und rechte Seite, mit Ausnahme einiger zu äusserst rechts sich bildenden unterhaltenden Gruppen, bleibt für die späteren Evolutionen und Maskeraden. – Es ist gegen Abend und der erste Ostertag 1495; die Speisen werden eben abgetragen. Der Papst ist in dem bequemen, wenig auffälligen Kostüm eines Hausprälaten (violett mit Sammet) gekleidet und trägt ein rundes Sammetkäppchen; alle übrigen in reichen Kostümen. – Glänzende Dienerschaft; fortwährendes Hin- und Hergehen; rege Unterhaltung; wiederholtes Gelächter; im Hintergrund unter den Arkaden ist eine Musik postiert; die Galerie mit Zuschauern, Leuten aus dem Volke, besetzt; die Gruppen im Saal bilden sich, tauschen Neuigkeiten aus und zerstreuen sich wieder. – Ausser dem Papst (Rodrigo Borgia, Alexander VI.), einem Sechziger, seine neun Kinder Girolama, Isabella, Pier Luigi, Don Giovanni, Graf von Celano, Cesare, Don Gioffre, Lucrezia, fünfzehnjährig, blond, heiter und kindlich, Laura und Don Giovanni Borgia, ein Knabe; seine Schwiegertöchter und Schwiegersöhne, darunter Dona Sancia, Gemahlin Don Gioffres; seine Neffen und Verwandten, darunter Collerando Borgia, Almosenier, Bischof von Coria und Monreale, Francesco Borgia, Erzbischof von Cosenza, Schatzmeister des Papstes, Luigi Pietro Borgia, Kardinal-Diakon von Santa Maria; Rodrigo Borgia, Kapitän der päpstlichen Garde; seine Vertrauten, darunter Giovanni Lopez, Bischof von Perugia, Pietro Caranza, Geheimkämmerer, Giovanni Fera da Ercilla und Remolina da Ilerda, Mitglieder des heiligen Kollegiums, Juan Marades, Bischof von Toul, Geheimer Intendant; des Papstes zwei Mätressen, die frühere, Vanozza, 53jährig; die jetzige, Julia Farnese, 21jährig; diese mit ihrem Gemahl Orsini, und ihrem Bruder, dem Kardinal Alessandro Farnese; seine Vertraute Adriana Mila, Erzieherin seiner Kinder; Burcard, Zeremonienmeister des Papstes; Erzbischöfe, Bischöfe, Kardinäle, päpstliche Würdenträger, römische

Damen, Soldaten und Dienerschaft, Leute aus dem Volke; später Kurtisanen und Schauspieler.

Don Gioffre. Hat dieser Spanier heute nicht wieder langweilig gepredigt?

Der Papst. Schrecklich, es war nicht zum Anhören. *zu Lucrezia.* Ich habe dir immer Zeichen hinübergemacht, aber du hast mich nicht verstanden.

Lucrezia *schläfrig.* Ach, Pietro hat mich doch immer mit dem Fuss gestossen.

Don Gioffre. Der Spanier hat Seine Heiligkeit auch nicht verstanden; er predigte immerzu; und Seine Heiligkeit gaben doch deutliche Zeichen der Unzufriedenheit.

Der Papst. Er kommt aus Valenzia; die Kerle sind dort so bocksteif; wenn einer anfängt, hört er nimmer auf: jede Empfindung wird eine Rakete, jedes Wort ein Knüppel. *Gelächter.*

Franzesco Borgia *(der Bischof)* Aber ehrlich Mühe hat er sich gegeben.

Der Papst. Ehrlichkeit ist immer eine Ungeschicklichkeit.

Don Gioffre. Und das Volk glotzte herauf, wie mit Geisteraugen, wütend, besessen, verschlingend.

Don Giovanni. Weil Dona Sancia immer wisperte und kicherte.

Dona Sancia. Nein, weil Lucrezia immer Konfetti ass.

Lucrezia. Nein, weil Laura eingeschlafen war und schnarchte.

Don Gioffre. Ich glaube, die Perlen der schönen Farnese stachen ihnen in die Augen.

Franzesco Borgia *(der Bischof)* Konnte das Volk das alles sehen?

Lucrezia. Wir sassen doch alle oben im Chor, rechts und links vom Altar.

Der Papst. Nein, Kinder, das ist es nicht! Ihr dürft lachen und scherzen, Perlen tragen und Konfetti essen. Aber ich sah einige *Dominikaner* unter ihnen sitzen; es sind Florentiner von San Marco, Schüler des Savonarola, dieses Ruhestörers. Sie wiegeln mir das Volk auf, und schwatzen, und machen geisterhafte Augen...

Don Gioffre. Warum entfernt man die Tagediebe nicht?

Franzesco Borgia. Sie sind in Mission hier. Sie konferieren mit ihrem General.

Don Giovanni. Oho, sind wir hier auch schon so weit, dass man den Frauen den Schmuck vom Körper reisst, auf einen Haufen wirft und verbrennt?

Don Gioffre. Wird sich Eure Heiligkeit noch länger von dem Florentiner Narren Gesetze diktieren lassen?

Der Papst *zwinkernd.* Wir luden ihn ein. – Er kommt nicht.

Don Giovanni. Wie, er weigert den Gehorsam?

Der Papst. Der Mediceer schützt ihn. – Lorenzo ist bussfertig geworden und fragt täglich bei Savonarola an, ob er noch Aussicht habe, in den Himmel zu kommen.

Lucrezia. Wer ist Savonarola, santo papa?

Der Papst. Er erlaubt Euch nicht, Konfetti zu essen und Perlen zu tragen.

Gelächter.

Don Gioffre *murmelnd.* Gibt es kein Mittel...? Haben wir kein Kirchenpulver mehr?

Cesare *finster, trocken.* Später! –

Eine Gruppe Edelleute zu äusserst rechts, von der Bühne aus.

Erster Edelmann *flüsternd.* Ihr wisst, man fand heute nacht den Herzog von Bisaglie im Tiber?

Zweiter Edelmann. Ja, er ist ertrunken.

Dritter Edelmann. Ja, und mit drei schweren Wunden dazu!

Erster Edelmann. Er soll schwer betrunken nachts den Vatikan verlassen haben...

Dritter Edelmann. Es ist gegenwärtig immer gefährlich, nachts den Vatikan zu verlassen, einerlei in welchem Zustand... besonders, wenn man der Gemahl der schönen Lucrezia ist.

Zweiter Edelmann. Ihr meint...?

Dritter Edelmann. Ich meine, dass der Herzog von Bisaglie gestern abend in Gegenwart seiner Gemahlin Lucrezia und ihres Bruders Don Cesar erdrosselt wurde. – *Erster und zweiter Edelmann fahren bestürzt auseinander.*

Zweiter Edelmann. Aber die tiefen Wunden?

Dritter Edelmann. Rühren von einem Überfall her, den vor vier Wochen eine Bande Maskierter auf ihn am Petersplatz machte, und von denen der Herzog die Unverschämtheit hatte, genesen zu wollen. *Beide erschrecken aufs neue.*

Erster Edelmann. Aber seht Lucrezia; sie ist heiter wie am Hochzeitstag.

Dritter Edelmann. Sie ist ein Kind! Seine Heiligkeit machte sie diesen Morgen zur Fürstin von Nepi und schickte ihr einen grossen Korb mit Konfetti.

Zweiter Edelmann. Und weiss der Papst von dem Sachverhalt?

Dritter Edelmann. Alexander VI. weiss nichts; Rodrigo Borgia weiss alles.

Erster Edelmann. Und was wird er tun?

Dritter Edelmann. Er wird eine Seelenmesse für den in den Tiber gefallenen Herzog lesen und den Fürsten
von *Ferrara* benachrichtigen, dass Lucrezia frei ist. –

Vom Hintergrund her ertönt eine Tanzweise. Die drei Edelleute gehen auseinander. Man sieht im Hintergrunde Paare tanzen. Die Tafel ist inzwischen abgeräumt und hinausgetragen worden. Die ganze Gesellschaft setzt und lagert sich auf Taburette und Kissen. Der Platz in der Mitte ist nun freier geworden. Die Gruppen bleiben nicht unbeweglich. Man steht auf, geht zu anderen, plauscht, trinkt und nippt von den dargebotenen Süssigkeiten und kehrt auf seinen Platz zurück. Von den tanzenden Paaren haben inzwischen einige pausiert. Einige der Damen kommen erhitzt und glühend nach vorn. Der Papst nimmt einem der Diener einen Korb Konfetti ab und wirft von denselben den Damen in den Busen. Heiteres Gelächter unten und von der Galerie herab. Das Musikstück hat aufgehört.

Der Papst. Wo stecken unsere Buffoni! – Lasst sie herein! – Und wir, wir lassen uns hier nieder. *Nach links weisend, wo die Plätze sich befinden; zu Lucrezia.* Komm, mein Kindchen!

Pulcinello tritt auf mit Colombina und seinem Gefolge. Sie führen ein mimisches Spiel auf. Pulcinello im weissen Puderkostüm mit Ledergurt, Halskrause, Tütenmütze und schwarzer Halbmaske, die Pritsche in der Hand, apostrophiert erst mit tiefen Verbeugungen, Grimassierungen und Verdrehungen das Publikum (auf der Bühne); währenddem sucht er sich plötzlich zu erdrosseln, hält die Hände so, als wenn es fremde wären, ächzt und stöhnt und will sterben. Colombina kommt von hinten vor, erschrickt scheinbar, kann es nicht sehen und hält die Hände vors Gesicht. Der Papst versteht die Anspielung und droht mit dem Finger. Darauf lassen sie ab, und das eigentliche Spiel beginnt in dem Sinne, dass Colombina, die junge Frau des alten Pantalone, von Pulcinello entführt und der Ehemann betrogen wird. Wiederholtes Gelächter während des Spiels und lebhafte Unterhaltung.

Der Papst *während des Spiels zu Lucrezia, die zu seinen Füssen Platz genommen, schmeichelnd.* Mein Herzchen, du hättest eigentlich heute einen Trauertag; dein schöner Herzog ist so plötzlich gestorben.

Lucrezia *kindlich.* Ach ja, er ist in den Tiber gefallen.

Der Papst *bedauernd.* Du hast ihn wohl gern gehabt?

Lucrezia *wie oben.* Ach ja, recht sehr!

Der Papst. Sei nur zufrieden, wir haben schon wieder einen neuen für dich!

Lucrezia *lebhaft.* So schön wie mein Herzog?

Der Papst. Schöner noch, mein Kätzchen.

Während im Spiel Colombina und Pulcinello sich hinter Pantalone laut küssen, und dieser, sich plötzlich umkehrend, eine Ladung weissen Puders ins Gesicht empfängt und unbeholfen hin und her taumelt, was von allen Seiten mit lautem Gelächter begrüsst wird, tritt der Zeremonienmeister

Burgard *auf den Papst zu.* Eure Heiligkeit, die Vesper hat in der Kapelle begonnen; die Kirche ist gedrängt voll, und das Volk erwartet am Ostertag Euren Segen.

Der Papst. Wir wollen das Spiel sehen; auch hat uns der Tod unseres lieben Schwiegersohns zu plötzlich erschüttert. – Man öffne – *auf die Galerie weisend* – dort die Fenster und sage dem Volke, dass ich von der Loggia dort der Vesper beiwohne.

Der Zeremonienmeister ab.

Gleich darauf sieht man oben die Fenster zwischen den Rundbögen der Galerie, wo das Volk steht, rückwärts vom Innern der Kirche aus, sich öffnen, so dass man einen Einblick auf Fries, Gebälk, Statuen und angezündete Ampeln erhält. – Währenddem nimmt das Spiel seinen Fortgang. Wie Pulcinello mit der Pritsche dem verwirrt hin und her laufenden Pantalone nacheilt und auf ihn losschlägt, und Colombina, sich versteckend, hinter Pulcinello drein eilt, hört man plötzlich aus den Fenstern über der Galerie in wehmütig-schmerzlichem Ton ein mehrstimmiges Graduale singen.

Chor. De profundis clamavi ad te Domine; Domine exaudi vocem meam; Fiant aures tuae intendentes in vocem deprecationis meae; Si iniquitates observaveris Domine, quis sustinebit? Speravit anima mea in Domino; A custodia matutina usque ad noctem; quia apud Dominum misericordia et copiosa apud eum redemptio. Et ipse redimet nos ex omnibus iniquitatibus nostris.

Schon bei den ersten Tönen ist das Volk oben auf der Galerie scheu von den Fenstern zurückgewichen und hat sich, sich bekreuzend, halb gegen das Innere der Kirche gewendet. Unten sieht man, mehr gegen den Hintergrund, einige ernste Gesichter und verlegene Mienen. Aber der Papst mit seiner Familie bleibt heiter, und das Spiel nimmt, wenn auch etwas gezwungen, seinen Fortgang.

Kurz nach dem Graduale geht auch das Spiel zu Ende. Der Papst gibt der Musik ein Zeichen, und diese beginnt ein neues Musikstück, zu dem im Hintergrund die Paare tanzen. Pulcinello und seine Truppe verabschieden sich unter tiefen und grotesken Bücklingen. Man wirft ihnen Goldstücke zu. Der

Papst winkt Colombina zu sich hin, der er die Backen streichelt und ihr ein besonderes Geldgeschenk in die Hand drückt, worauf sie sich mit einem Handkuss verabschiedet.

Der Papst *nachdem die Musik geendet, klatscht in die Hände.* Wo sind unsre Schönen?

Auf dies Zeichen öffnet sich im Hintergrund der Galerie ein Vorhang und zwölf Kurtisanen von auserlesener Schönheit betreten, durch leichte, durchsichtige Gewänder verhüllt, den Saal und nehmen rechts im Vordergrund Aufstellung; der Papst mit den Herren und Damen seiner Umgebung gehen auf sie zu, mustern sie und bewillkommnen sie unter scherzenden Redensarten.

Der Papst *nachdem er sie alle gemustert, erstaunt.* Wo ist die *Pignaccia*?

Eines der Mädchen *nachdem erst alle verlegen geschwiegen.* Sie ist zu *Karl* nach Neapel.

Der Papst. Wie? Geht ihr auch zu Unsern Feinden über?

Der Papst mit seinem Gefolge zieht sich wieder nach links zurück, wo sie sich, wie früher, auf Taburette und Kissen gruppieren; Lucrezia auf dem Schosse ihres Vaters, von diesem geschmeichelt; Diener stellen die grossen, dreiarmigen, helles Licht verbreitenden Kandelaber, die früher auf der Tafel standen, in die Mitte des Saales auf den Boden. Auf ein Zeichen durch Klatschen in die Hände werfen die Mädchen ihre Gewänder ab; päpstliche Diener, hinter den Herrschaften stehend, werfen aus Körben über die Köpfe der Zuschauer hinweg Kastanien in die Mitte des Saales, auf die sich die Mädchen stürzen und sich um sie raufen. Helles Gelächter. Es bildet sich ein Kreis um die auf dem Boden kämpfenden Mädchen. Auch von der Galerie, wo sich inzwischen das Volk wieder zusammengedrängt hat, erschallt lautes Gelächter. Sobald eine Ration Kastanien auf gelesen ist, welche die Kurtisanen nach rechts neben ihre Gewänder sorgfältig auf einen Haufen legen, werden neue Kastanien aufgeworfen und der gleiche Kampf beginnt von neuem. – Eines der Mädchen, dessen Haare alle aufgelöst sind, kommt einem der Kandelaber zu nahe und fängt Feuer. Der Papst springt auf – während Lucrezia zu Boden gleitet – und erstickt das Feuer mit seinen Gewändern.

Der Papst *als sich zeigt, dass die Kleine keinen Schaden gelitten, züchtigt sie mit der Hand.* Diesmal, du Schlingel, konntest du die Reise ins Jenseits antreten! *Lachen.*

Die Kurtisane. Du hättest mich im Fegfeuer nicht länger brennen lassen als hier, santo papa! *Erneutes Gelächter, in das der Papst miteinstimmt.*

Als die Kastanien alle verteilt, wird gezählt, und je nach der Zahl der gesammelten Früchte an die Mädchen Preise verteilt. Ein neues Musikstück beginnt, und die Diener reichen Erfrischungen. Laute Unterhaltung im ganzen Saal, vornehmlich über die Qualitäten der Mädchen.

Als das Musikstück schweigt

Der Papst *klatscht aufs neue in die Hände.* Jetzt lasst unsere Athleten herein.

Auf der anderen Seite der Galerie treten hinter einem Vorhang zwei nackte kräftige Männer ein, die, zu den Mädchen geführt, sich an deren Anblick berauschen, um dann, auf ein weiteres Zeichen, den Zweikampf zu beginnen. Alles drängt sich um das Schauspiel unter Aufmunterungen und Beifallszeichen. Auch die Mädchen verfolgen mit allem Interesse den Kampf. Als der

Sieger seinen Gegner unter lautem Beifall geworfen, tritt er auf die Kurtisanen zu, wählt sich unter Scherzreden aller Anwesenden die Schönste und verlässt mit ihr den Saal. Der Unterlegene geht allein fort. Darauf betritt ein zweites Paar den Saal. – Die Aufregung unter den Zuschauenden steigert sich von Minute zu Minute. Beifallsworte und aufstachelnde Bemerkungen werden mit immer grösserer Teilnahme und Leidenschaft dazwischen geworfen. – Als der Fünfte seinen Gegner unter lautem Geschrei und Beifallsklatschen geworfen und er eben seine Wahl trifft, ertönt in tiefernsten, tragischen Tönen vom Innern der Kirche her, durch die Rundbogengalerie im ersten Stock, der Schlussgesang der Vesper:

Veni sancte Spiritus.

Veni sancte Spiritus
Et emitte coelitus
Lucis tuae radium.
Veni pater pauperum
Veni dator munerum
Veni lumen cordium
Sine tuo nomine

Nihil est in homine,
Nihil est innoxium.
Lava quod est sordidum,
Riga quod est aridum,
Sana quod est saucium.
O lux beatissima
Reple cordis intima
Tuorum fidelium.

Eine peinliche Stille ist nach den ersten Akkorden eingetreten. Das Volk auf der Galerie ist wieder entsetzt zurückgewichen, um den Platz vor den Fenstern freizumachen. Ein Teil der Anwesenden verlässt den Saal. – Indessen ist schon der sechste Kämpfer mit seinem Partner eingetreten. Der Papst gibt durch einen Wink den Befehl zur Fortsetzung des Spiels, an dem seine Familie und Vertrauten mit ärgerlichen Mienen über die eingetretene Störung teilnehmen, und das bis zum siebenten Kämpfer unter der Begleitung des Kirchengesangs seinen Fortgang nimmt. – Nach Schluss des letzteren wird die Stimmung wieder etwas wärmer und das Interesse reger. Der Kreis um die Kämpfenden schliesst sich wieder. In der Kirche sieht man die Ampeln verlöschen und die Fenster von innen sich zumachen. – Das Spiel geht weiter.

Beim neunten Kämpfer stürzt ein Bote in den Saal und flüstert in erregter Weise mit den im Hintergrund Stehenden. Die Bewegung setzt sich nach vorne fort. Man hört Rufe: Was ist los? – Was gibt's? –

Rodrigo Borgia *(Kapitän der päpstlichen Garde)* Der französische König, Eure Heiligkeit, ist, von Neapel zurückkehrend, im Anmarsch auf Rom und nur noch wenige Meilen entfernt.

Der Papst *aufstürzend, erregt.* Zum Teufel! – Auf nach Orvieto! – Die und Katalanen sollen uns begleiten! – Nehmt unsere Kassen und Kostbarkeiten mit! – Die Damen sollen sich rüsten; auf Gepäck und Maultiere verzichten; wir reisen alle zu Pferd! Pallavicini bleibt als Gouverneur der Stadt mit einem Teil der Truppen zurück. Er empfange den König mit allen Ehren, aber drohe ihm in unserem Namen und dem des dreieinigen Gottes, als einem ungehorsamen Sohn der Kirche, den Bannfluch an, wenn er länger als vierundzwanzig Stunden auf unserem Gebiet verweilt. – Cesare übernimmt die Bedeckung unseres Zuges. – Vergesst die goldenen Messgeräte nicht! Fort! *Alles in grosser Erregung ab.*

Die Mädchen *ihre Gewänder anlegend, jauchzend.* Carlo kommt! – Carlo kommt! –

Der Vorhang fällt.

Dritter Aufzug

Erste Szene

Im Himmel; ein vertrauliches Kabinett in blau. Interimsthron einfach und bequem. ***Gott-Vater, Maria, Christus,*** *der* ***Teufel;*** *erstere drei auf ihren Stühlen; letzterer in schwarzem, enganliegendem Kostüm, sehr schlank, mit pointiertem Gesicht, ganz rasiert, mit verwitterten, abgelebten, gelb-verärgerten Zügen, in seinen Bewegungen an einen feineren Juden erinnernd, auf einen Fuss sich stützend, den anderen aufziehend, vor ihnen aufrecht.*

Gott-Vater *ernst und kurz.* Freund, wir haben dich rufen lassen. – Es handelt sich um einen speziellen Auftrag, der... *stockt...* besondere Geschicklichkeit erheischt; – – ich weiss, du denkst viel – *Teufel verbeugt sich* – könntest du nicht... *stockt...* es handelt sich, ä... ein Wesen, ä... ein Ding, welches... ä, ein Einfluss, – der imstande wäre, – die – uns in ihrem Begehren anekelnde, gänzlich verwahrloste Menschheit – *Teufel macht eine verständnisinnige, vornehm-bedauernde Bewegung*... ä, wieder auf den Pfad der Tugend... ä, und der wahren Sittlichkeit... in empfindlichstrafender Weise zurückzuführen,... ä, so dass... ä... *zu Christus gewendet* – mein lieber Sohn, sag' du's ihm; – ich kann mit Worten nicht recht umgehn; – ich habe immer nur gehandelt, – nie viel Worte gemacht. –

Christus *sich mühsam aufrichtend, nach einigem Besinnen, fliessend* Mein Herr! Wir gedächten Ihre Hilfe in Anspruch zu nehmen – in einer Sache, – – die Ihnen ebenso grossen Vorteil einbringen soll, wie uns selbst, – – ich meine, – die Ihnen die Menschheit – hinsichtlich ihrer irdischen Sphäre keineswegs entfremden soll, – ich sage dies ausdrücklich, um jeden Verdacht bei Ihnen nach dieser Richtung hin gleich von vornherein zu zerstreuen – *Teufel macht eine verbindlich-abwehrende Handbewegung, als sei ihm Ähnliches nie in den Sinn gekommen* – im Gegenteil, die Ihnen diese Sphäre in noch ausgiebigerer Weise als bisher – unterwerfen soll: – es handelt sich um ein Kompromiss, – um ein Übereinkommen hinsichtlich der Verschiebung der Grenzen – unserer beiderseitigen, bisherigen Gewalten, – es keinem der beiden kontrahierenden Teile zu nahe treten soll, –

und wobei wir auf Ihre bewährte Geschicklichkeit, Ihren Scharfsinn, Ihren Takt, Ihr – versöhnliches Entgegenkommen, Ihre – Bildung, Ihre – Ihre – – *Fängt zu hüsteln an, wird kurzatmig, stöhnt und keucht, fällt röchelnd zurück, die Augen treten hervor, die Stirne wird schweissig, er bekommt einen asthmatischen Anfall.*

Maria *herbeispringend, während der Teufel sehr vornehm eine reservierte Verlegenheit heuchelt.* Schone dich, mein Sohn, – du solltest nie reden, – du wirst schlechter, – du bist *leidend, – zum Teufel gewendet, verbindlich* – mein lieber Freund, wir bedürfen deiner Hilfe, – es ist ja nicht nötig, dass man erfährt, dass *du* es bist, der die Sache inszeniert – *der Teufel macht eine abwehrend-beruhigende Bewegung* bitte, steh uns bei, es soll dein Schade nicht sein – *zwinkert ihn an* – du verstehst – *winkt gegen Gott-Vater ab, in dem Sinne, dass dieser taub, alt und gebrechlich, und ihr nichts in den Weg lege; der Teufel verbeugt sich* – es handelt sich in Kürze um folgendes: Durch eine unglückliche Einflüsterung – *zeigt auf den Alten hin* – bewogen, wohnten wir einer Szene im päpstlichen Palast zu Rom bei, in den Gemächern des Papstes… wie heisst er gleich?…

Teufel *verbindlich einfallend.* Ah, *Alexander*, der Sechste seines Namens, Rodrigo Borgia –

Maria. Ganz recht, dieser *Borgia*, – ah, es war skandalös, es war grässlich, – das war ein Passahmahl!...

Gott-Vater *plötzlich hervorkollernd, in breitester Unflätigkeit.* Pfui *Daifel!* – Pfui *Daifel!* – Pfui *Daifel!*

Christus *erwacht aus seiner Schwäche, fällt ein, fast tonlos.* Ja, – pfui *Daiwel!* – pfui *Daiwel!...*

Teufel *in grosser Verwirrung, ärgerlich, unangenehm berührt...* Ich bitte... unter diesen Umständen... darf ich wohl verzichten.... fernerhin hier... *will sich, nach rückwärts schreitend, zurückziehen.*

Gott-Vater *redressierend zum Teufel gewendet.* Mein Gott! – Nein! – Sie waren nicht gemeint...

Teufel *pikiert.* Ah, doch...

Gott-Vater. Nein, nein! – Also nochmals nein! Es war nicht so; es fuhr uns heraus... die alte Gewohnheit... Ich vergass...

Teufel *kommt zurück, vornehm-versöhnlich, bitter lächelnd, schnellt mit der einen Hand ein Stäubchen vom anderen Ärmel.* Bitte... bitte...

Maria. Nein, nein, mein Freund, du bist der unsere; von Verstimmung kann keine Rede sein- wir bedürfen deiner Hilfe zu notwendig; und – *sehr laut zum Alten hinüber, anzüglich* – eine Beleidigung unseres viellieben Vetters, unseres Alliierten, unseres freundlich geliebten Bruders, werden wir in keiner Weise zulassen – *Teufel verbeugt sich sehr verbindlich* – mit einem Wort also, die Sache ist die: Von einer an höchster Stelle – *hinüberdeutend* – in Aussicht genommenen gänzlichen Vernichtung des Menschengeschlechts aus höheren Gründen absehend, haben wir beschlossen, eine empfindliche, sündflutartige Rache zu nehmen, und brauchen daher jemand, ein Ding, einen Einfluss, eine Gewalt, eine Person, ein Gift, ein Etwas, welches die Unflätigkeit der Menschen, besonders der Neapolitaner und Römer, in geschlechtlicher Beziehung – ah, fi donc! – *giesst etwas Eau de Cologne auf ein Spitzentuch und hält es sich vor; scheint leise zu schnupfen; schielt über dem Taschentuch zum Teufel hinüber* – ah! es wird mir besser – *fortfahrend* – welches die Bestialität der Männer und Weiber in jenen lediglich der Fortpflanzung dienenden, und nur in dieser Begrenzung ihnen gewährleisteten Beziehungen und nötig erscheinenden Berührungen und

Vermischungen – ah, c'est terrible! – *schnupft wieder Eau de Cologne* – enfin – *eindämmen* soll! – Du verstehst!

Teufel *in sonorem Bass – etwas theatralisch.* Ich verstehe.

Gott-Vater *kollernd* Ja, ja, – *eindämmen* soll! –

Christus *mit schwindsüchtiger Stimme.* Ja, ja, – *eindämmen* soll!

Teufel *nach einigem Besinnen.* Soll es sehr empfindlich sein? –

Maria *ihr Spitzentuch dem Teufel entgegenstreckend, heftig nickend – sozusagen für die anderen mitnickend.* In der Tat, es soll sehr empfindlich sein.

Gott-Vater *guckt glasig herüber; scheint nicht ganz verstanden zu haben; ächzt schliesslich zustimmend, mit fettem Räusperton.* Ja, ja! –

Christus *noch immer im Anfall liegend, sich langsam erholend, hauchend* Ja, ja! –

Teufel *steht die ganze Zeit mit gesenktem Kopf, sich besinnend, zwei Finger an die Lippen gelegt.* Soll die Sache direkt auf dem Fuss folgen?

Maria. Freilich, freilich soll sie das!

Gott-Vater *wie oben.* Freilich! – Freilich! –

Christus *will seine zwei „freilich" sagen, kommt aber zu spät und kollidiert mit der folgenden Rede der Maria, die nichtsdestoweniger fortfährt, mit ihrem Taschentuch ihren Sohn beschwichtigend und abwehrend, der lechzenden Blicks jeder ihrer Bewegungen folgt.*

Maria *zum Teufel.* Du bist auf dem richtigen Weg, mein Freund, du bist unseres Wohlgefallens sicher!

Teufel *mit einem kurzen trockenen Blick auf Maria, dann wieder in seine Meditation von vorhin versinkend; nach langer Pause, während der man nur das Röcheln von Christus hört, eigentümlich betonend und skandierend. Dann – müsste man den Stachel, – das Gift, – ä das Etwas – den Finger wie zum Hindeuten erhebend – in die Sache selbst, in die – hm! - sich anzüglich räuspernd –* in die Beziehung selbst legen! –

Maria *sehr weltmännisch.* C'est charmant! – C'est charmant! –

Gott-Vater *versteht nicht recht, schaut mit grossen kugligfließenden Augen herüber und wiederholt mehr im Tonfall als im Verständnis Marias Worte.* Ja, – ja, ja. –

Christus *will es auch wiederholen, bringt es aber nicht heraus, ist selbst darüber erschrocken, schaut sich ängstlich, erst zu Gott-Vater, dann zu Maria hin um und produziert endlich ein rhythmisches, unartikuliertes* A, – a, – a! –

Teufel *nachdem er diese Leistung bei Christus mit einem kühlen, seine Überlegung nicht weiter störenden Blick verfolgt, fortfahrend, sehr betonend. Man müsste die Sekretion beim Geschlechtsakt vergiften!* –

Maria. Ah, wie das? – Das wird interessant! *Rückt auf ihrem Stuhl zurecht.*

Gott-Vater *und* **Christus** *die diesmal doch etwas verstanden zu haben scheinen, halten ihre Köpfe glotzend auf den Teufel gerichtet.*

Teufel *den eben geborenen Gedanken wiederholend, wie um ihn sich selbst nochmals in den Weg zu legen. Man müsste die Sekretion beim Geschlechtsakt vergiften!*

Maria Du meinst den Samen? *Hält sich das Taschentuch einen Augenblick vor den Mund, als schlucke sie etwas Unangenehmes hinunter.*

Teufel *einfallend.* Nein, nein! – Nicht den Samen nicht das Ei; – sonst würde die Nachkommenschaft darunter leiden, und, verschlechtert und gewitzigt, nicht mehr zu haben sein! – Die soll aber auch dran kommen! – Nein, Samen und Ei sollen unberührt bleiben, damit die Erzeugung der Menschen ruhig weitergeht. – Aber der Täter, der sorglos mit seinem Instinkt drauflos Fahrende, soll durch ein kleines Nebenprodukt vergiftet werden, durch ein Etwas, welches gleichzeitig mit Samen und Ei produziert wird, und welches, wie bei den Schlangen, nicht mehr auf den Besitzer, aber auf seinen Gegenpart, auf sein Vis-à-vis in der sexuellen Française – pardon! – wenn ich mich so ausdrücken darf – *Maria hebt zum Zeichen des bewundernden Verständnisses die Augenbrauen hinauf* – ansteckend wirkt – so dass der Mann das Weib, oder das Weib den Mann, im günstigsten Falle sie sich beide infizieren können, – nichts ahnend, – ganz im Taumel verloren, – ja in der Täuschung des höchsten Glücks – *macht eine Handbewegung zu Maria, ob er verstanden sei, die diese mit dem Spitzentuch freudig und verständnisinnig aufnimmt* – so dass sie lallend wie Kinder in die scheussliche Brühe hineintappen!!!

Maria. C'est glorieux! – C'est charmant! – C'est diabolique! – Mais comment?...

Gott-Vater *und* **Christus** *glotzen ruhig weiter.*

Teufel. Ah, Madame, das lassen Sie meine Sorge sein! –

Maria. Gut! Aber unter *einer* Bedingung. Was du auch mit den Menschen anfängst, sie müssen *erlösungsbedürftig* bleiben! –

Teufel *mit Beherrschung.* Erlösungs *bedürftig* bleiben sie.

Maria. Sie müssen auch *erlösungsfähig* bleiben!

Teufel *mit den Armen, wie ein Verkäufer, bis zur Schulterhöhe aufwippend* Erlösungs *fähig,* – nachdem *ich* sie vergiftet, – auf besonderen Wunsch vergiftet, – das dürfte kaum sein. –

Maria *von ihrem Thron springend, in die Nähe von Gott-Vater und Christus eilend.* Ja, dann ist die ganze Sache umsonst! – Wenn wir die Menschen nicht mehr erlösen können, was soll denn dann die ganze Einrichtung?! –

Gott-Vater *und* **Christus** *heben verzweifelnd die Hände empor; Christus, der sich etwas erholt, folgt von jetzt an wieder mit regerer Teilnahme.*

Teufel *dreht sich mit sardonischem Lächeln auf dem rechten Fussabsatz herum und hebt mit künstlichem Bedauern, wie ein Handelsjude, die Achseln hoch.*

Peinlicher Moment. Das Geschäft scheint nicht zustande kommen zu wollen. – Pause.

Maria *um alle zu divertieren, geht langsam auf ihren Platz zurück und fragt plötzlich mit freundlicher Stimme den Teufel.* Apropos! Wie geht's denn mit deinem Fuss?

Teufel *auf die Diversion eingehend.* Oh, – so, so! – Nicht besser, – aber auch nicht gerade schlechter! – Mein Gott – *auf sein kurzes Bein schlagend* – das wird nicht mehr anders! – Misemaschin'! –

Maria *etwas leiser.* Das ist von deinem Fall?

Teufel *verständnisvoll, lange stumm und ernst nickend.*

Maria *sehr freundlich.*Nun, und sonst – was macht die Grossmutter?

Teufel *ebenso.* Die *Lilith*! – Oh, danke, – recht gut!

Maria. Und die Kleinen?

Teufel. Danke! Danke! – Alles wohlauf! –

Neue Pause. Maria, unentschlossen, geht endlich auf Gott-Vater zu, mit dem sie einige Zeit leise spricht. Darauf

Gott-Vater *ostentativ orientiert.* Voyons! Voyons! Mein Freund, du musst doch etwas machen können, was die Menschheit vergiftet, ohne sie ganz zugrunde zu richten! – Wir wollen sie dann wieder erlösen! – Nicht wahr, mein Sohn?

Christus. Wir wollen sie dann wieder erlösen!

Maria. Wir *müssen* sie wieder erlösen!

Teufel. Der Auftrag ist dann zu kompliziert! – Es soll unflätig und liebenswürdig und giftig zu gleicher Zeit sein! – Wenn ich sie in ihren geheimen, amorösen Beziehungen sogleich und heftig treffen soll, und sie in diesem Moment vergiften soll, *dann muss die Seele auch mit!* – Denn die *Seele* steckt da mit drin! –

Gott-Vater *erstaunt* Die Seele steckt da mit drin? –

Christus *ebenso, aber mehr mechanisch repetierend.* Die Seele steckt da mit drin? –

Maria *affirmativ, und halb für sich selbst, wie sich erinnernd.* Die *Seele* steckt da mit drin! –

Teufel *nach einer Weile zu Gott, etwas spöttisch.* Mein Gott, du bist ja der Schöpfer! Weisst du nichts?

Gott-Vater *unwillig.* Wir – ä – erschaffen jetzt nicht mehr. – Wir sind müde! – Auch gehört dies Gebiet des Irdischen und der Sinnlichkeit in deine Sphäre. – Also besinne dich, wie du es anrichtest; beflecke die Seele, aber sie muss wieder herstellbar sein!

Christus *noch immer schwach, will das Letzte wiederholen, kommt aber nur bis* Beflecke – die – Seele...

Teufel *zu Gott-Vater.* Es soll sie zur Liebe anreizen, sagst du, und sie gleichzeitig vergiften?

Gott-Vater. Natürlich, sonst beissen sie ja nicht an!

Christus *aufatmend.* In der Wollust sind sie blind, hab' ich gehört.

Maria Mit Speck fängt man Mäuse!

Gott-Vater. Suche in deinem Hexenkessel! Es ist ja allerlei Zeug darin; in deiner Hölle hast du so manches aufgespeichert; bist doch ein Meister in solchen Kompositionen! Kreïre, braue, zeuge, mische was zusammen!

Maria. Es muss allerdings sehr verlockend sein. – Womöglich was Frauenzimmerartiges.

Christus. Ja, sehr verlockend sein.

Teufel *mit einem Gedanken beschäftigt.* Lüstern und zerstörend soll es zugleich sein, sagt ihr? – Und doch die Seele nicht definitiv zerstörend?

Alle drei *zugleich und untereinander.* Lüstern – zerstörend – verlockend – giftig – wollüstig – grausam – Hirn und Adern verbrennend –

Gott-Vater. Aber nicht die Seele! – Wegen der Zerknirschung! – Wegen der Verzweiflung! –

Teufel *seinen Gedankengang plötzlich beendend* Halt, da hab' ich was! – Will mal mit der *Herodias* reden! *Halblaut für sich.* Lüstern und zerstörend zugleich! – *Laut.* Ich bring' etwas! –

Maria. Gott sei Dank!

Teufel *sich zum Gehen wendend.* Ich glaub', ich hab's!

Gott-Vater. Bravo! Bravo!

Maria. Bravo! Bravo!

Christus. Bravo! Bravo!

Alle drei *sich freudig erhebend, soweit es geht; leise in die Hände schlagend.* Bravo, Teufel, bravo! Bravissimo!

Teufel *sich empfehlend und im Abgehen ein Schnippchen schlagend.* Ich komm' bald wieder! – *Ab. – Draussen, wie er die Türe öffnet, erblickt er einige jüngere Engel, die gelauscht haben. Er packt den nächsten beim Flügel und zaust ihn tüchtig. Dieser läuft mit den anderen unter schrecklichem Geschrei davon. – Der Teufel, sieht man, öffnet draussen eine Falltür, durch die er hinabsteigt, und die er hinter sich schliesst. Die drei Gottheiten verschwinden bei der folgenden Verwandlung in die rechten Seitenkulissen.*

Der Vorhang fällt.

Zweite Szene (Verwandlung)

Das Himmelskabinett steigt langsam nach oben; die Szene wird dunkler und macht einem tonnenartigen, nach unten sich verlängernden, düsteren, mit grauen Quadern ausgemauerten Tunnel Platz, der sich wie das Innere eines Turmes oder Ziehbrunnens scheinbar bis ins Unendliche nach abwärts erstreckt, und an dessen hinterem Ende eine morsche, verbarrikadierte, vielfach ausgebesserte Holzstiege sich befindet. Auf dieser sieht man bald darauf den Teufel nicht ohne Mühe, ächzend, sich am Geländer fest anhaltend, hinabsteigen, während die gleichzeitig nach oben rückende Szene ihn im

Auge behalten lässt. Phantastische Vögel und Ungeheuer, die teils auf Stangen sitzen, teils in Hohlräumen des Mauerwerks lagern, pfauchen und krächzen ihm mit heiserem Ruf ihren Gruss entgegen. – Nach einiger Zeit mündet dieser brunnenartige Gang in einen grösseren, finsteren, kellerartigen Raum, der durch ein traniges Öllicht nur teilweise erhellt ist und in dem zunächst nichts weiter zu erkennen ist, als ein aus Binsen und Flechtwerk roh zugerichtetes Lager rechts im Vordergrund. Die Öllampe ist auf der anderen Seite und mehr im Hintergrund. Der Teufel, der müd und humpelnd angekommen, geht einige Schritte seufzend hin und her, geht dann nach hinten; man hört eine schwere Truhe aufschlagen; er entledigt sich seines engen, schwarzen Gewandes, das er säuberlich in einen der Kasten legt, um in einem aus Tierfellen zusammengeflickten, warmhaltenden Flaus bald darauf nach vorn zu kommen. Er ächzt wiederum erst einige Schritte hin und her, wie nicht wissend, wohin er sich wenden solle, und setzt sich endlich quer auf sein Binsenlager, zieht die Füsse an und vergräbt die Hände tief in das Wollhaar des Kopfes, Stirn und oberen Teil des Gesichtes auf diese Weise verdeckend.

Teufel *mit sich redend.* Da hockst du nun, Hund; wieder allein; heimgekehrt zu dir; zurückgekehrt von der Audienz; ahnenloser Geselle ohne Respekt und Reputation; und hast wieder einmal gesehen die goldausgelegten Gemächer der Hohen und Vornehmen. Und du bist immer und bleibst der Lump, der Spitzbub, der krumme Kerl. Und die da droben, die dürfen tun, was sie wollen, es mag noch so platt, niedrig oder gemein sein, es ist immer edel und vornehm, weil es in den Gemächern des Nobeltums passiert. Und du magst tun, was du willst – und wenn du mit dem Kopf dich bis zum anderen Ende der Erde wühltest, – es ist immer niedrig und gemein und schuftig. – *Pause; überlegt.* Wenn du ein Graf wärest, dann wäre auch dein krummes Bein gräflich. Und wenn du nur ein Türsteher da droben wärst, dann wäre auch dein Kopf und deine Gedanken himmlisch und engelhaft, wie dein Kleid, das du dann trügest. Aber so bist und bleibst du ein Hund! – Nur wenn du für sie was tun sollst, was sie selbst nicht können, oder was für sie zu schmutzig ist, dann lächeln sie dir und sagen: „Mein Freund! Mein Freund!“ Aber wenn die Audienz vorbei, musst du wieder herunter in Staub und Kot, und dann heisst's „Pfui Deifel! Pfui Deifel!“ – Und so bist du ein erdgeborner, gebückter und verzerrter Kerl dein Leben lang, und humpelst herum mit deinem Fuss, und frisst Ärger und Grimm in dich hinein! – –

Und *doch*! Und *doch* bist du mehr! Bist mehr als diese Firlefanzleute in ihrem Glück und Wolkenbau! Steckst mitten in der Welt; und in deinem Kopf stecken die Gedanken der Erde! Und wenn du hier allein bist, allein mit deinem Erdgeruch, und dein Kopf sich illuminiert, dann entsteht in diesem vergrämten Kopf, mitten in der Verzweiflung, ein Funken, ein Gift, eine Kraft, die wie ein Blitz, zündend und wetternd, durch die Welt fährt und die Hülsenköpfe in ihrem Wolkenkuckucksheim erbeben macht. – Und brauchst keine Tiaren zu tragen, keine Ambrosia noch Sekt zu trinken und scheppernd und glänzend dich zu zeigen, um glücklich zu sein. Bist *so* glücklich; glücklich, wie die anderen nicht glücklich sein *können*! Glücklich in diesem Erdenloch, in diesem kostbaren Tunnel, diesem Hauch von Irdischkeit und Würze, diesem Weltgeruch, der dich kräftigt und stählt und Gedanken erzeugt und zur Arbeit zwingt. – Und brauchst keine Ahnen und Vergangenheitsregister; bist blank und sauber; darfst von neuem beginnen; brauchst nicht nichts zu tun; die *Arbeit* sind deine Ahnen! Deine Ahnen projizierst du in die Zukunft! – Arbeit! Arbeit! – *Springt auf.* Also denn auf zur Arbeit!

Er geht längere Zeit auf und ab, bleibt wiederholt stehen und sinnt nach.

Also *verführerisch* soll es sein, das Ding, – na natürlich, „Sonst beissen sie nicht an“; – „etwas Frauenzimmerartiges“, sagte Maria; – sehr gut! – Die Frauenzimmer kennen ihr Geschlecht immer am besten. – Aber giftig soll es auch sein; darin liegt ja die Strafe; und sie sollen das Gift nicht merken, es hinunterschlucken wie Sirup; – sehr gut! – das lässt sich machen. – Aber es soll

dabei *Seele* und *Leib* vergiftet werden; aber nicht definitiv; nur bis zur Verzweiflung, bis zum Wahnsinn; sie wollen also sehen, wie sich die Menschheit krümmt und bricht; wie sie ihre Seelen ausleeren wie einen Magen; – ich verstehe; – die Seele soll aber wieder reparierbar sein, – „erlösungsfähig“, wie sie sagen; –

na, *die* Freude kann ich ihnen ja fürs erste lassen; ihnen und ihnen; – vom *Leib* haben sie nichts gesagt; sehr gut! – Als ob sich das trennen liesse! – Wenn ich den Leib toll und voll verseucht habe, und der ganze Kerl zum Teufel fährt – ah, pardon – kaput geht, dann möchten sie die Seele, nachdem sie schon auf dem Weg zu mir ist, noch erlösen! – Die Barmherzigkeit! – Na, das wird sich ja finden. – *Geht wieder schweigend und nachdenklich auf und ab.* Was soll das nun aber für ein Gift sein? Welches ruiniert, und doch wieder nicht ruiniert? – Mit organischen und chemischen Giften komm' ich da nicht aus! – Auch kann ich da nicht *quantitativ* vorgehen. Die schluckten ja und schluckten das Zeug hinunter – besonders, da es so süss ist – und pardauz lägen sie da! Ich kann da nicht dosieren. Ich kann doch kein ellenlanges Rezept an die Bettlade kleben: pro dosi soundsoviel! – Das muss also ein feines, neues und ganz besonderes Gift sein! – Welches weder den Geber noch den Nehmer sogleich vergiftet! – Das muss dann ein feines, schleichendes, langsam wirkendes Ding sein, welches sich ruhig weiter vererbt, und in einigen lebenden Exemplaren immer frisch zu haben ist! – Dann – soll das Gift sich an das höchste Entzücken des Menschen anschliessen, an den Liebestaumel, an das naivste und köstlichste Glück, welches sie besitzen: damit es sicher zu allen dringt! – Ja, das heisst, das war eigentlich *mein* Gedanke! – keine Verschiebung des geistigen Eigentums! – Na, ja! – Wie nun weiter? – Woher nimmst du das Gift? – *Überlegt, bleibt stehen.* Na, *aus dir* – *Kühl.* Gibt es denn etwas Giftigeres, die Adern Durchdringenderes als du selbst? – Sehr gut! – Was weiter? – Wie wirst du's nun anstellen? – *Überlegend, sehr langsam, mit vorgestrecktem Zeigefinger sich vordiktierend* – *Du musst das Gift, welches an sich vielleicht zu stark ist und tödlich wäre, erst organisch abschwächen und dann in einer lebenden Person verwirklichen! Patscht in die Hände.* Hoppla, das ist's! – Noch einmal: *du musst das Ding erst organisch so mild machen, dass es ihre Mägen und Lebern zunächst gut vertragen, und es gleichzeitig in einem Lebewesen, das ihnen gleich sei, personifizieren!* – Sackerlot! – Und zweitens: dieses Lebewesen muss ein Weib sein! und das Gift muss durch die bekannten Schläuche geleitet werden! – Und drittens.

dieses *Weib* muss *schön* sein; und ich ihr Vater! – Sapristi! – *Reibt sich die Hände.* Kommen wir auch einmal zum Zeugen! – *Geht lange erregt auf und ab.* ... Nun, und wenn ich dies Kunstwerk fertigbringe, was krieg' ich dann dafür? – Freund, nimm dich in acht! Diese Gelegenheit kommt nicht wieder! Jetzt hole die lang aufgespeicherten Speisezettel deiner Wünsche hervor! – *Besinnt sich.* – Diese Stiege da – *schaut nach oben* – muss Er mir reparieren. Das Gerümpel. Wenn ich da mal ausgleite und breche mir den Fuss, dann bin ich ein ganzer Krüppel. – Dann, diese Falltüre da oben, die ist meiner unwürdig. Da stoss' ich mich schon lange daran. Da soll ein schöner freier Zugang werden, mit einem Geländer daran und ein paar Teppichen. – Dann, diese Audienzmeierei habe ich ebenfalls schon lange satt. – Wird der

Zugang oben frei, muss ich auch freien Zugang haben! Ich muss stets unangemeldet kommen können. – Er kam ja auch stets unangemeldet zu mir herunter. – Dann – *sehr bestimmt* – muss Er mir meine Bücher frei drucken lassen und ihre breiteste Zirkulation im Himmel und auf Erden erlauben. Das muss ich unbedingt haben. Ohne das gehe ich gar nicht an die Arbeit. *Ausbrechend.* Wenn jemand denkt und darf seine Gedanken nicht mehr Anderen mitteilen, das ist die grässlichste aller Foltern. – Dass andere das *nach*denken, was du *vor*gedacht hast, dieses reinste Entzücken, dieser Tropfen Lust, der Fässer voll Bitterkeit geniessbar macht, ist das so schwer zu begreifen?! – Also das ist Numero eins! – Dann – muss hier die Ventilation besser werden. – *Glotzt lange an der Decke herum.* ... Eigentlich könnt' ich mir das Ding hier mit Goldleisten ausschlagen lassen. – Ach, – es wäre doch nicht heller... Wie wär's, wenn Er mich zum *Graf* machte? – Graf Miraviglioso! Oder gleich ganz italienisch: Conte di Miraviglioso; Signor Conte di Miraviglioso. – Pfui, schäm' dich! Hast du nicht gesagt, du willst ein ehrlicher Kerl bleiben? – Nun ja; ich wollte ja nur auf ganz kurze Zeit das tolle Empfinden haben, ganz ohne Grund etwas zu sein. Nur auf acht Tage. – Ich kann ja den Titel dann meinem Ausgeher schenken. –

… Ein paar Orden könnt' ich mir bei dieser Gelegenheit geben lassen! – Dazu ist es wieder nicht hell genug daherunten. An der Beleuchtung fehlt es hier überhaupt. – Was noch? – Etwas bessere Garderobe! Dieses spanische Kostüm trag' ich nun schon seit Philipp II. Es ist unerhört. – *Heftig.* Und nur meine ganz ausserordentliche Peinlichkeit erlaubt mir noch, überhaupt oben zu erscheinen. – Dann, um Gottes willen, etwas Mobiliar. Ein paar Pfund Rosshaar werde ich doch noch wert sein. Und ein paar warme Decken. – Weiter! – Etliche Borten an meine Kleider; wenigstens Leutnantsrang! – Dann: Einreihen, wenigstens in die letzte Hofrangklasse; mein Gott, ich helfe doch den Leuten in ganz ausserordentlicher Weise. – Ferner: ein kleines „von“ –, und die Möglichkeit einer standesgemässen Verbindung mit einer der Engelklassen; Gott, so ein zartes Geschöpfchen neben mir, 's wär' ja zum Entzücken; sie mag so dünn und jung sein, wie sie will; ich richt' sie mir schon her! – Was noch? – Ein goldenes Portepee, 'n Kammerherrntitel, ein kleines Krönlein, 'n Herzogskragen oder … – *Hält plötzlich inne, greift sich mit beiden Händen an die Stirn und schreit in tierischer Weise hinaus.* Äh! – Äh! – Bleib fort! – *Er hält die Hände weit von sich, wie um etwas wegzustossen, das auf ihn eindringt, und weicht zurück.* Äh! – Es kommt! – Es hat mich! – Du

Hund, hab' ich dir nicht gesagt, wenn du über die Schnur haust, packt es dich! – Pfui Teufel! – *Spuckt aus, wie um etwas aus seinem Innern zu entfernen.* Pfui Deifel! – Es kommt! – *Der Ekel,* – er hat mich! – Pfui! – Pfui! – Oh, es ist zu spät! – *Ekel! Ekel!* Verdammte Sauce! – *Er krümmt sich.* Weisst du nicht mehr? – Weisst du nicht, dass du nur in der Entbehrung, im Finstern, nur unter der Marter gedeihst? – Und dann will der Kerl stolz sein! – Ah, – ah – *Er macht Würgbewegungen, schleppt sich bis zu seinem Lager, wirft sich dort auf den Bauch, wälzt sich in Krämpfen, reisst aus der Matratze Stroh heraus, macht einen Knebel und steckt ihn sich mit ingrimmigem Behagen ins Maul; – wird dann allmählich etwas ruhiger, liegt bewegungslos da, und scheint zu schlafen. – Lange Pause. –*

Währenddem hat sich im Hintergrund an der Rückwand des Gewölbes die Szene wie aufgeklärt; die Schicht wird heller und heller; zuletzt durchsichtig; es ergibt sich eine, wie es scheint, unermessliche Perspektive; allmählich schwindet auch der letzte trübe Schleier, und man erblickt ein ungeheures Totenfeld, auf dem eine schier unfassbare Zahl, wie es scheint lauter Weiber, in Leibesgestalt, mit fahlen Gewändern, die einen hockend, die anderen hingestreckt, teils die Arme aufgestützt, teils das Gesicht in den Armfalten vergraben, wie schlafend dortliegen; das Ganze übergossen von einem kalten, flirrenden, mondlichtähnlichen Schimmer. – Tiefe Stille.

Teufel *wacht langsam auf, hebt sich, mit den Händen aufstützend, matt empor; wie er sich umwendet und erblickt die Szene, fährt er plötzlich zum Sitzen auf, reisst sich den Knebel aus dem Mund* Ah! – Ihr seid mir vorausgeeilt, Gedanken! – *Betrachtet lange mit Entzücken die Szene.* Ihr habt euch verwirklicht, meine guten Gedanken! – Und die gemeinen sind mir in den Magen gefahren und haben mich krank gemacht; – so ist's recht! – Du hast gebüsst, – und bist jetzt wieder ein ehrlicher Kerl! *Legt sich, noch immer etwas erschöpft, wieder in mehr ruhende Stellung zurück, aber so, dass er die Szene im Auge behält – matt und langsam.* Welche von diesen wähl' ich mir jetzt aus als Mutter für mein glorioses Geschöpf? – ... Schön! – Verführerisch! – Sinnlich! – Giftig! – Hirn und Adern verbrennend! – Ahnungslos! – Tollpatschig! – Grausam! – Berechnungslos! – Seelenschmutzig! – Naiv! – *Lange Pause.* –

Er erhebt sich dann zum Sitzen und ruft mit halblauter, aber klarer Stimme, in sanftem Ton

Helena von Sparta – des Priamus Geliebte – Trojanische Königin!

Im Hintergrund erhebt sich aus der Reihe der Schlafenden langsam eine Gestalt mit langem schleppendem Mantel, der um die Taille durch einen mit der Stoffarbe gleichen Strick zusammengehalten, kommt langsam, wie schlaftrunken, mit geschlossenen Augen, den Lichtschimmer, der ihr aus dem Totenreiche anhaftet, beibehaltend, nach vorn und bleibt vor dem Teufel stehen.

Teufel. Du bist damals mit dem jungen Laffen, dem Trojanerprinzen, auf und davon, und hast deinen Mann, den König, zurückgelassen; rein aus Verliebtheit ? – *Helena verneint schwerfällig mit dem Kopfe.* – Was? Nicht einmal verliebt? – Aus Neugierde? *Sie scheint sich zu besinnen; nickt dann wie schlaftrunken.* – Nur, weil es dir gefallen hat? – *Helena nickt.* – Ohne etwas zu denken ? – *Nickt.* – Justament? – *Wartet und nickt dann.* – Und als dann der Krieg ausbrach, da dachtest du? – *Nickt mechanisch, besinnt sich aber dann und verneint.* – Dachtest dir: Es ist nun einmal so! – *Nickt und betont.* – Geh, leg' dich wieder schlafen – armes, dummes Ding! –

Sie wartet einen Moment, dreht sich dann langsam um und geht zurück auf ihren Platz, wie sie gekommen.

Teufel *nach einer Pause, mit der gleichen hellen, sanften Stimme Phryne* – aus Athen – glatteste aller Hetären – komm! *Von dem Totenfeld erhebt sich aus einer anderen Reihe ein Weib im gleichen Anzuge wie die erste und kommt näher.* – Blasseste aller Zauberinnen, du hast Tausende von Männern in dein Garn gelockt, sie arm und elend gemacht, ihnen Geld und Gedanken geraubt, – hast Philosophen genarrt, – Richter bestochen, – Staatsgesetze umgestossen, – Krieg angezettelt, – Reichtümer angehäuft, – hast dich als Göttin geriert, – dich anbeten lassen, – hast dein Vaterland verhöhnt, – wolltest deinen Namen wie eine schmutzige Reklame auf die Mauern Thebens setzen – und dafür bezahlen, – hast dich nackt vor allem Volk gezeigt, – in Korinth dir Tempel und Statuen bauen lassen, – hast fortgehurt, bis deine Haare weise wurden – und wurdest schliesslich in einem Tempel, in den du dich geflüchtet, wie ein unreines Tier erschlagen? – *Nickt stumm wiederholt auf alle Fragen.* – Warum? – Aus Liebe? – *Verneint.* – Aus Leidenschaft? – *Verneint.* – Aus Laune? – *Nicht.* – Weil du schöner und blasser warst als alle anderen? – *Nicht.* – Hast gar nichts dabei gedacht? – *Verneint.* – Liessest den Dingen ihren Lauf? – *Bejaht.* – Geh, du harmloses Kind, du bist unschuldig! –

Geht langsam und schweigend ab, wie die erste.

Teufel *nach einer Pause, wie oben. Heloise* – Äbtissin von Paraclet – Latinistin des 12. Jahrhunderts – *Eine dritte Gestalt erhebt sich aus dem Totenfeld und kommt im gleichen Anzug, wie die vorigen, näher.* – Du hast studiert, – und hast geliebt, – und hast Kinder gebracht, – und hast deinen Lehrer *Abälard*, die Leuchte des Jahrhunderts, verführt – und deine Familie in Spott und Schande gejagt, – bis sie dir deinen Geliebten zum Kapaun machten – und dich zur Nonne, – und hast dann deinen verschnittenen *Abälard* fortgeliebt, – und ihm brünstige Briefe geschrieben, – bis man dich zur Äbtissin machte; – und als Äbtissin hast du weiter studiert, und ihn weiter geliebt, und weiter – wenigstens in der Phantasie – Kinder gebracht und mit deinem längst abgekühlten Freund imaginative Scheusslichkeiten begangen, die man selbst in der Hölle nicht sagen darf, – und hast ihm geschrieben: lieber wolltest du des *Abälard* Hure, als des Kaisers rechtmässige Gattin sein; – und als er starb, hast du dir seine Leiche kommen lassen, und hast ihn immer noch geliebt, und ihn mit deinen eigenen Händen begraben; – und dann hast du ihn noch zwanzig Jahre auf Kosten deiner Phantasie weiter geliebt; – bis du selbst starbst? – *Hat zu allen Fragen stumm genickt.* Warum? – Aus Liebe? – *Bejaht heftig.* – Aus reiner Liebe?

– *Bejaht intensiv.* – Kind, du bist ja schon für den Himmel reif! – Halt dich parat, wenn die Posaune ertönt, kommst du zuerst dran! – Inzwischen geh und schlaf weiter! -

Gestalt geht ab.

Teufel *für sich.* Ich hab' doch verdammt wenig Grandioses in der Hölle; muss mir mal 'n Scheusal holen! – *Besinnt sich, dann nach einer Pause. Agrippina* – Mutter, Gemahlin und Mörderin von Kaisern – und Gemordete eines Kaisers – komm! – *Eine Gestalt erhebt sich aus anderer Gegend.* – Du hast etwas viel auf dem Kerbholz, Freundin; – mit vierzehn Jahren heiratetest du deinen Mann, und lässt dich herbei, ihm nach neun Jahren eines der grössten Scheusale, den Nero, zu gebären? – Dafür kannst du nichts! – Tröste dich, wir haben jetzt eine Schule, die dir nachweist, dass du auch für die anderen Sachen nichts kannst; nur ist diese Lehrmeinung noch nicht bis zum Himmel gedrungen. – Du vernachlässigst also deinen Mann, und gibst dich dem *Lepidus* hin; – das war damals so Sitte! – Dann verbindest du dich mit deinem Freier, um deinen Bruder, den Kaiser *Caligula,* zu ermorden; – es gelingt nicht! – Dafür kannst du wieder nichts, – das heisst, du warst nicht geschickt genug! – Natürlich wirst du verbannt! – Endlich wird aber *Caligula* doch ermordet – wie das damals so Sitte – und du wirst wieder hoffähig; du versuchst dann vergeblich, einige andere vornehme Römer zu kapern, bis sich endlich der reiche Advokat *Passimus* – den ich für gescheiter gehalten hätte – herbeilässt, und mit dir eine zweite Ehe eingeht; du vergiftest ihn dann und beerbst ihn! – Doch das haben schon andere vor dir gemacht; das war damals so Sitte! – Dein folgendes Stückchen war dagegen schon viel origineller: du spielst so geschickt hinterm Vorhang – von deiner Villa aus – dass du die Kaiserin *Messalina* von ihrem Gemahl, dem Kaiser *Claudius*, abschlachten lässt, heiratest dann selbst den Kaiser *Claudius* und wirst Kaiserin! – Was dann folgte, der von dir inszenierte Selbstmord des *Lucius Silanus*, die Verbannung seiner Schwester *Junia* und die Verbannung der *Lollia Paulina*, deren Kopf du dir nachträglich aus der Verbannung zurückholen lässest, waren mehr Nebenabfälle; du folgtest darin den Sitten deiner Zeit. – Dann verschaffst du dir den Beinamen „Augusta“, die Heilige, lässest deinen Sohn *Nero* von deinem neuen Gemahl, Kaiser *Claudius*, adoptieren, lässest ihn dann mit der Tochter dieses Kaisers *Claudius*, *Octavia*, vermählen, vergiftest dann diesen Kaiser, deinen Gemahl, und rufst deinen Sohn *Nero* zum Kaiser aus. – Das war nämlich damals ganz neu! – Du vergiftest dann noch ein paar Konsuln, Prokonsuln und Nebenbuhlerinnen, und wirst letztlich von deinem eigenen Sohn *Nero* ermordet! – *Die Gestalt hat auf alle Fragen stummnickend geantwortet.* – Hör' mal, Agrippina, du bist eine ganz scharmante Person, aber ich vermisse in deinem ganzen Tun den eigentlich künstlerischen Impuls – die Naivität; – alles hängt ab von deinem masslosen Ehrgeiz! – Das ist krankhaft! – Das wird auf die Dauer langweilig! – Wir fassen die Sachen jetzt anders auf! – Nicht ein schöner Mord in deiner ganzen Geschichte! – Ich kann dich wirklich nicht brauchen! – Geh nur und leg' dich wieder schlafen: – Schlaf sanft! –

Gestalt ab.

Teufel *nach einigem Überlegen, für sich.* Jetzt hab' ich noch eine Nummer, die *Herodias*; – aber halt – wie wär's? – *Er überlegt.* Ich nehm' statt der Mutter doch lieber die Tochter! – *Ruft. Salome,* – schöne, junge Tänzerin, – komm zu mir! – *Weit hinten erhebt sich eine schlanke, jugendliche Erscheinung und kommt näher, eine freundliche, heitere Erinnerung auf ihrem Gesicht.* – Sag' mir einmal, mein hübsches Kind, du warst damals auf dem Bankett bei *Herodes* zugegen? – *Bejaht.* – Und da tanztest du? – *Bejaht.* –

Warum tanztest du? – *Sie weiss es nicht.* – Nun, du tanztest eben, weil junge hübsche Mädchen überhaupt gern tanzen, – und weil du Tanzstunde gehabt hattest? – *Bejaht.* – Und du fandest Beifall? – *Nickt.* – Und *Herodias* sagte dir, du solltest dir was schenken lassen? – *Nickt.* – Und du liessest dir einen Kopf schenken? – *Nickt.* – Einen Menschenkopf? – *Bejaht.* –
Einen *lebenden* Menschenkopf? – *Bejaht.* – Weshalb? – *Sie weiss es nicht.* – Zum Spielen? – *Sie zaudert und bejaht schliesslich.* –
Und *Herodes* schickte dich mit dem Henker ins Gefängnis, und der schneidet dir dort einen Kopf ab? – *Nickt.* – Das war der Kopf des *Johannes*? – *Bejaht gleichgültig.* – Der ward dir auf eine Platte gelegt, und du kamst dann damit herein in den Bankettsaal? – *Nickt.* – Das Blut lief wohl in der Platte herum, – und machte sie schliesslich ganz voll? – *Nickt.* – Es netzte deine Finger? – *Bejaht lebhaft.* – War dir das angenehm, oder unangenehm? – *Bejaht.* – Ja, was? – Angenehm oder unangenehm? – *Sie reibt die Hände gegeneinander.* – Es kitzelte dich? – *Bejaht sehr deutlich.* – Du hast wohl sehr feine Finger? – *Keine Antwort.* – Und dann, – dann schenktest du den Kopf deiner Mutter? – *Bejaht.* – Warum? – *Zuckt mit den Achseln.* – Er war eben schon tot? – *Nickt traurig.* – Und du wolltest doch einen *lebenden* haben? – *Bejaht.* – Ja, die

abgeschnittenen Menschenköpfe halten sich nicht lang! – – Sag' mal, hast du einen von den Leuten da gern gehabt, was man sagt, lieb? – *Weiss nicht, was sagen, und verneint schliesslich.* –
Den *Herodes*? – *Verneint.* – Den *Johannes*? – *Verneint.* –
Deine *Mutter*? – *Zuckt mit den Achseln und verneint.* – Aber deinen abgeschnittenen Kopf, den hattest du gern? – *Bejaht sehr deutlich.*

Teufel *springt plötzlich auf.* Kind, du bist mein Fall! – *Geht auf sie zu.* – Aus dir lässt sich noch was machen! – *Er schliesst sie, halb von rückwärts kommend, leicht in seine Arme.* – Du sollst mir heut in mein Schlafgemach folgen!

Die Gestalt *hört man tief und vernehmlich stöhnen.*

Während des Folgenden fallen über dem Totenfelde wie im Vordergrund schwarze, anfangs noch durchsichtige Flöre und Schatten herab, die die ganze Szene immer mehr verdüstern.

Teufel *die Gestalt sanft mit sich nach rechts fortführend.* Wir haben grosse Dinge mit dir vor! – Da sollst die Ahnin eines grandiosen Geschlechts werden, an das kein Aristokrat hinan kann! – Deine Nachkommen werden weder blaues noch rotes, sondern weit merkwürdigeres Blut in ihren Adern führen. – Und du wirst die Mutter sein. – Deine Qualitäten sind einzig in meinem grossen ungeheuren Reich! – Selbst oben, bei Hof, sieht man unsere Verbindung mit gnädigem Wohlwollen! – *Er verschwindet mit ihr; die Stimme klingt immer entfernter.* – Morgen darfst du schon zu deinen Schwestern zurückkehren! – Unser heisses Temperament lässt Schaffen und Entstehen sich in unglaublich kurzer Zeit vollenden! – Zeugen und Gebären rückt durch unsere Gewalten in wenige Stunden zusammen! – Komm, mein Kind, komm! –

Das Totenfeld ist jetzt verschwunden. Die Flöre fallen nun auch im Vordergrund immer dichter; so dass die Szene bald ganz verdunkelt ist. – Man hört in der Ferne noch einen gellen, weiblichen Schrei. – Dann wird es schwarze Nacht, und

der Vorhang fällt.

Vierter Aufzug

Im Himmel. Ein kostbar ausgestattetes Gemach in Rosa. Maria, vornehm geschmückt auf ihrem Thron, umgeben von meist jüngeren Engeln in lichter, farbiger Tracht, die, mit Büchern, Schulheften, Schreibtafeln in den Händen, an den Stufen des Thrones teils sitzen, teils knien, teils in malerischer

Stellung liegen. Es ist Schule. Seitwärts zur Rechten, halb in der Kulisse, steht der Schullehrer, ein hochaufgeschossener, unsäglich magerer Mensch in langem, schwarzem Schnürrock, mit verbittertem, glattrasiertem Gesicht und überkämmter Glatze.

Maria *mit einem Pfauenwedel spielend.* Sagt einmal euren Spruch auf!

Kinder *unisono, in breitem, schreiigem Ton, mit falscher Akzentuierung, mit dem Rhythmus, wie ihn das Prinzip des geringsten Lautwiderstandes an die Hand gibt.* Gägrüsst *saist* du, Marea, du *best* voller Gnaden, der *Härr* ist mit dir,
du *best* gebene *daiet* unter den *Wai*bern, und gebene *daiet* ist die Frucht deines *Lai*bes, *Jäsus* Christus – *Hail'ge* Marea, Mutter Gottes, bett für uns arme Sündärr, *jäzt* und in *der* Stunde des Abstärbens...

Maria *entsetzt.* Ja, um Gottes willen, wo habt ihr denn das gelernt?

Kinder *durcheinander, gurgelnd.* In Tiroll – in Tiroll – im schönen Land Tiroll!

Maria *entsetzt.* Gott, ist das eine verknödelte Gesellschaft! – *Sieht sich um, zum Lehrer, der ausgehungert rechts in der Kulisse steht. –*

Kann man denn den Kindern die Gebete nicht wenigstens dem Sinne nach, statt nach der Rücksicht des Möglichst-raschen-fertig-werdens, eintrichtern?

Lehrer *jämmerlich, mit belegter Stimme.* Es geht nicht mehr, allergnädigste Gottesmutter, die Kehlen sind vollständig in der einen Richtung festgelegt, die Laute – das Resultat einer tausendjährigen Übung.

Maria. Warum machen Sie denn so ein jämmerliches Gesicht?

Lehrer. Es ist mir nicht gut – ich fühle mich immer so schlecht...

Maria *für sich.* Gott, der Mensch hat Hunger und ist zu anständig, es zu sagen – *Laut.* Sind Sie denn immer noch so miserabel bezahlt?... Jetzt kommen Sie herauf in den Himmel und bringen Ihren unstillbaren Hunger von der Erde mit – ich kann ihnen leider nichts anbieten – bei uns werden nur Hostien gegessen – nicht 'nmal 'nen Schluck Wein kann ich Ihnen offerieren – wir dulden keine Utraquisten daheroben – Sie sollten eben kurz vor dem Tod wenigstens einmal sich satt essen können – unter den Nachbarn ein wenig sammeln gehen – 'n paar Pfennig für Bier unter den Männern – zusammensammeln – und vielleicht etwas Schmalz *unter den Weibern...*

Kinder *fallen auf das Stichwort ein.* ... und gebenedaiet ist die Frucht deines Laibes, Jäsus Christus, Amän! Hail'ge Marea, Mutter Gottes...

Maria *entsetzt.* Um Gotteswillen, wart ihr denn aufgezogen?- Ich hab' doch nicht an den Knopf gedrückt! – Das sind ja die reinsten Automaten... – *Zum Lehrer.* Sie müssen den Kindern – trotz Ihres Hungers – beibringen, nach dem *Sinn* zu beten – auch nach zweitausend Jahren – damit nicht, wenn ich von *Schmalz* rede, sie die *Frucht meines Laibes* daherbringen!...

Kinder *korrigierend, unisono.* ... Frucht *deines* Laibes!...

Kinderstimmchen *einzeln, naiv* ... Stunde des Absterbens, Amen...

Maria *überwältigt.* – Ach wie süss! – – Wie heisst denn du, mein Schätzchen? –

Kinderstimmchen *wie oben* ... Maria Ebner – Schlotfegermeisterstochter aus Kleinhüttenbach – mi hab'n s' ins Wasser neig'schmiss'n, weil mer scho zu sechst waren – und der Vater hat net mehra verdient – und d' Mutter hat g'sagt, i werd' eso glei an Engerl...

Lehrer *wischt sich eine Träne ab.* Ja, – so sinds da drunten – in dera Gegend – zwischen Brixen und Kufstein...

Kinder *unisono.* In Tiroll – in Tiroll – im schönen Land Tiroll!

Maria *mit einer Grimasse.* Gott, dieser Katholizismus steht mir schon bis daher! – *Macht Bewegung des Ekels – – Resolut.* Reden wir von was anderem! – – Nehmt eure Bücher her! – *Zum Lehrer.* Sie können gehen und sich etwas erholen. – *Zu den Kindern.* Wo sind wir stehengeblieben? – Jetzt aber schön hochdeutsch lesen! – Preussisch!...

Grösserer Engel *liest, während alle ihre Bücher aufschlagen, aus einer der Novellen des Boccaccio mit breiter, kreischender, alles gleich betonender Stimme.* "... Agilulf, der König der Longobarden, befestigte, gleich seinen Vorgängern in Pavia, der Hauptstadt der Lombardei, seinen Thron durch Vermählung mit Teudolinga, der Witwe Auterichs, der ebenfalls König der Longobarden gewesen war. Diese Gattin war sehr schön, verständig und ehrbar, der aber dennoch ein Liebhaber einst einen schlimmen Streich spielte. Als nämlich durch die Tapferkeit und den Verstand des Königs Agilulf der lombardische Staat glücklich und ruhig geworden war, geschah es, dass ein Reitknecht der genannten Königin, ein Mensch, was die Abstammung anbetrifft, von höchst ärmlichen Umständen, sonst aber über sein schmähliches Geschäft hoch erhoben und von Person schön und gross wie der König, sich über alle Massen in die Königin verliebte. Da jedoch sein niedriger Stand ihn keineswegs verhinderte, einzusehen, dass diese seine Liebe ausser allen Grenzen der Möglichkeit und Schicklichkeit liege, so offenbarte er sich als ein verständiger Mann niemandem und wagte nicht einmal, sich der Königin selbst nur durch einen Blick zu entdecken. Obgleich er nun gänzlich hoffnungslos war, so tat er sich doch bei sich selbst etwas darauf zugute, dass er seine Gedanken so hoch hatte steigen lassen, und vom Liebesfeuer ganz entzündet, gab er sich Mühe, es allen seinen Kameraden in allem, von dem er glaubte, dass es der Königin gefallen könnte, zuvorzutun. Dadurch geschah es, dass die Königin, wenn sie ausritt, weit lieber das Pferd ritt, das dieser wartete, als ein anderes, und dies rechnete sich jener zur höchsten Gnade, ging alsdann nicht vom Steigbügel weg und schätzte sich glücklich, wenn er ihre Kleider berühren durfte. – Aber wie wir dies häufig sehen, dass die Liebe um so stärker wird, je mehr sich die Hoffnung verringert...“

Maria *unterbrechend.* Ja, kriegen denn die zwei sich noch nicht? –

Lesender Engel *stockt.* – – Ich weiss nicht, Immerwährende Jungfrau.

Maria. Sieh mal, wieviel Seiten die Geschichte noch hat?

Lesender Engel *zählt sorgfältig nach.* Noch zwanzig, Allerseligste Gottesmutter.

Maria. Das ist ja schrecklich lang; kann man denn da nichts überschlagen? – *Lässt sich das Buch geben.* – Na, ich glaube, jetzt wird's etwas lebhafter. Lies mal zu! – *Gibt ihm das Buch zurück.*

Lesender Engel *wie oben.* “... je mehr sich die Hoffnung verringert, so geschah es auch bei diesem armen Reitknecht, der sein verborgenes Verlangen, das von keiner Hoffnung gelindert war, kaum mehr ertragen konnte und oft, da er sich von dieser Liebe nicht losmachen konnte, den Entschluss fasste, zu *sterben...*“

In diesem Augenblick ist das Weib, ein junges, blühendes Wesen in schwarzen Haaren, mit schwarzen, tiefliegenden Augen, in denen eine verzehrende, aber noch nicht aufgeschlossene Wollust verborgen liegt, in ganz weissem Gewand zaghaft auf die Schwelle getreten; alles ist bestürzt und wie geblendet über den neuen Ankömmling in die Höhe gefahren; die Engel starr und wie unentschlossen, was zu tun, die Blicke auf das Weib gerichtet.

Maria *die sich erhoben hat, imperatorisch.* Wer ist diese Person? – *Als keine Antwort erfolgt.* – Wer hat dich hereingelassen? – Woher kommst du? – Kommst du von drunten? – Bist du eine Gestorbene? – Oder was Besseres? – Eine Heilige? – Was willst du hier? – Mir Konkurrenz machen? – Mit welchem Recht... ? – *Fängt zu zittern an.*

In diesem Augenblick kommt der Teufel hinter dem Weib herein, atemlos, als habe er sich verspätet, macht eine tiefe Reverenz vor Maria.

Teufel *devot.* Gnädige Frau, – *das Weib vorstellend – meine Tochter!*

Die Engel fahren kreischend nach links ab.

Maria *die Thronstufen hinabsteigend, mit dem Ausdruck höchster Verwunderung.* Ah! –

Teufel *den Eindruck abwartend; dann nach einer Pause.* Ich hoffe, sie gefällt dir?

Maria *zögernd, ihre Eindrücke sammelnd.* Gefallen? – Nein, dazu ist sie zu schön. Dieses Biest schlägt alle im Himmel und auf Erden. – Ich erwartete ein Scheusal.

Teufel. Gnädige Frau, damit...

Maria *unterbrechend, zornig.* "Gnäd'ge Frau! – Gnäd'ge Frau!" – Ich bin die Immerwährende Jungfrau und Allerseligste Gottesmutter! – Merk' dir's! – *Mit einem Blick auf das Weib.*

Teufel *sehr devot, halblaut.* Diese feinen Unterschiede erfasst *die* noch nicht. Sie ist wie ein Kind.

Maria. Wie, spricht sie nicht?

Teufel. Gott bewahre!

Maria. Sie spricht keine Sprache?

Teufel. Sie spricht die Sprache, die alle Weiber sprechen, die Sprache der brennendsten Verführung.

Maria. Ich meine, du bist über unser Programm hinausgeschritten. – Was soll diese süperbe Person...? –

Teufel. Ich musste sie in irgendeiner Art...

Maria *einfallend.* Wenn ich das wollte, konnte ich einen meiner Engel, ich konnte selbst...

Teufel. Oh, schönste Frau, nimmermehr; Ihr habt vergessen...

Maria. Ja, ja! – Ganz richtig! – Jawohl! – – Aber warum so blendend? – Das reine Entzücken! – *Zum Teufel gewendet, halblaut*. Kann man sich hier was vergeben?

Teufel. Du kannst sie glatt bewundern; noch weiss sie gar nichts.

Maria *verschlingt das Weib mit ihren Blicken, geht dann in einer plötzlichen Wallung auf sie zu und küsst sie.*

Das Weib *fährt fast erschrocken zurück.*

Maria *überwältigt.* Das volle Entzücken! – Wie ein Kind!

Teufel *mit komischem Pathos.* "Rein aus der Hand des Schöpfers hervorgegangen!" –

Maria *empfindet den Stich.* Oh – buffone! – Wo hast du sie her?

Teufel *sehr gespreizt.* Gewisse Geheimnisse unserer Fabrikation können wir nicht mitteilen; – indes – die Mutter kann ich dir nennen.

Maria. Ah!

Teufel. Eine gewisse *Salome,* – die schöne Köpferin, – die sich mit einer Schnellung ihres Tanzbeins einen warmen Menschenkopf holte.

Maria *sich besinnend.* Haben wir die nicht heroben?

Teufel *trocken.* Nein, nein! – Solche Personen habt ihr nicht heroben.

Maria *versunken in der Gestalt.* ... solche Personen habt ihr nicht heroben...! Und so blendend! –

Teufel. Was du siehst, hat sie von der Mutter.

Maria. Von ihr.

Teufel *sarkastisch.* Und noch einiges, was du nicht siehst! –

Maria *zu ihm hinüberschauend, verständnisvoll.* Jawohl! – Sonst? –

Teufel. Die Qualitäten des Vaters kommen erst später zum Vorschein; – wenn sie Übung hat...

Maria. Das glaub' ich!

Teufel. Ich war in meiner gloriosen Stimmung!

Maria *die sich von der Gestalt nicht trennen kann.* Und dieses keusche Entzücken, dieses unvergleichliche Auge, dieser Impuls voll überirdischer Lust, dieser Gedanke von übermenschlicher Güte und Mitleid soll die Menschen, sagst du, vergiften und verderben?...

Teufel *sehr bestimmt.* Das *soll* es!

Maria. *Soll* es das? – Kann es das? –

Teufel *höhnisch. Kann* es das? – Ich sag' dir, das in ihr verschlossene Gift ist so stark: nach vierzehn Tagen soll der, der sie berührt, mit Augen wie Glasklicker in die Welt schauen; seine Gedanken gerinnen ihm, und er schnappt nach Hoffnungsluft wie ein trocken gewordener Fisch; nach sechs Wochen betrachtet er seinen Körper und fragt: Bin das ich? – die Haare fallen ihm aus, die Wimpern fallen ihm aus, die Zähne fallen ihm aus; Gebiss und Gelenke werden wackelig; nach drei Monaten ist er an seiner Menschenoberfläche durchlöchert wie ein Sieb, und er spekuliert an den Schaufenstern der Kaufläden herum, ob man etwa eine neue Menschenhaut kaufen könne; die Verzweiflung rinnt ihm nicht nur im Herzen zusammen, sondern läuft ihm auch stinkend zur Nase heraus; die Freunde begucken sich gegenseitig, und wer in der ersten Phase der Vergiftung ist, lacht den aus, der sich in der dritten oder vierten befindet; nach einem Jahr fällt ihm die Nase in den Suppenteller, und er läuft zum Kautschukhändler, um eine neue zu kaufen; dann verzieht er, geht an einen andern Ort, wechselt das Handwerk, wird mitleidig und sentimental, tut keinem Tierlein was zuleide, entwickelt moralische Gesinnungen, spielt mit den Mücklein in der Sonne und beneidet die jungen Bäume im Frühling; er wird katholisch, – wenn er protestantisch war; und protestantisch, – wenn er katholisch war; nach zwei, drei Jahren liegen ihm die Leber und die grossen Drüsen wie Mörser im Leib und er denkt auf lockere Speisen; dann gimpelt's ihm im einen Aug', nach einem weiteren Vierteljahr ist es zu; nach fünf, sechs Jahren beginnt ein Zucken und Schiessen im Körper auf und ab, wie ein Feuerwerk; er geht noch spazieren, und fleissig sieht er nach, ob die Füsse noch unter dem Leib hervorkommen; noch etwas später zieht er es vor, im Bett zu bleiben; er liebt die Wärme; nach acht Jahren etwa nimmt er sich eines Tages einen Knochen aus dem eigenen Gebäu, beriecht ihn und schmeisst ihn voll Grausen in die Ecke; er wird dann fromm, frommer, am frömmsten; er liebt die Maroquinbände mit Goldschnitt und einem Kreuz darauf; und nach zehn Jahren liegt er schlank dort, ein verwelktes Skelett, mit gähnend gegen den Kalkplafond aufgesperrtem Maul, das „warum?“ fragt und stirbt. – – Die Seele gehört dann euch! –

Maria *sich voll Abscheu wegwendend.* Äh!

Teufel *verwundert.* Was? – Habe ich meine Sache nicht gut gemacht? – War die Arbeit nicht so bestellt? –

Maria *die Hände vor dem Gesicht, schluchzend.* Ach, die armen Menschen!

Teufel *einfallend.* ...
bleiben *erlösungsbedürftig* und *erlösungsfähig*! –

Maria *die sich wieder umgewendet, starrt mit offenen Augen das Weib an, in deren Anblick sie versunken bleibt. Das Weib in der ursprünglichen naiven, seiner unbewussten, schönheitsvollen Haltung.*

Man hört draussen ein Geräusch, wie von Kommenden.

Maria *erwachend und zur Türe eilend.* Nein, niemand soll herein! – *Nachdem sie vor der Tür die Kommenden erblickt.* Nein, mein Sohn soll nicht herein; kann nicht herein, darf nicht herein.
– *Zurückkehrend, wild.* Schaff mir das Weib aus dem Haus! – Tu mit ihr, was du willst; aber fort, fort! – Augenblicklich! –

Teufel *bittend.* Liebe Maria, Immerwährende Jungfrau, Allerseligste Gottesgebärerin, ich hätte noch einige Wünsche, ich denke, ich verdiente doch,... du weisst...

Maria *eilfertig.* Ja, ja, – da sollst deine *Stiege* haben; aber nur fort, fort! –

Teufel *larmoyant.* Und Gedankenfreiheit! –

Maria. Freund, du denkst nur viel zu viel! – Ich will mir's überlegen, was ich befürworten kann; – aber jetzt fort! –

Teufel *mit einem schwachen Seufzer, verbeugt sich tief vor Maria, geleitet dann mit grosser Vornehmheit das Weib nach aussen, wohin er sie vorantreten lässt.*

Maria *eilt hinterdrein, schaut starr mit offenem Munde den Gehenden nach.*

Der Vorhang fällt.

Fünfter Aufzug

Erste Szene

Rom. Ein Saal im päpstlichen Palast, der zur Privatkapelle des Papstes umgestaltet ist; zur Rechten (von der Bühne aus) ist an der Wand ein temporärer Altar errichtet, an dem ein Priester amtiert; zur Linken, bis gegen die Mitte der Bühne reichend, stehen Armsessel, zum Teil mit Betpulten davor, auf denen der Papst mit seiner Familie, darunter Cesare und Lucrezia Borgia, die Vanozza und Julia Farnese mit den Mitgliedern des heiligen Kollegiums, Bischöfen und Erzbischöfen, Almoseniern, dem Zeremonienmeister Burcard, dem Kapitän der päpstlichen Garde und anderen zum unmittelbaren Gefolge des Papstes Gehörigen, Platz genommen; zu äusserst links, hinter den Stühlen, stehen dichtgedrängt und ohne das Ende des Saales auf dieser Seite erkennen zu lassen, teils Geistliche, teils niedere Beamte des päpstlichen Hofstaates und ganz hinten auch etliche von der Dienerschaft, welche alle mit grösserer oder geringerer Aufmerksamkeit der heiligen Handlung folgen. Von einem unsichtbaren, höheren Chor zur Linken herab tönen, dem Gang der Messe folgend, in Ermangelung eines Singchores, die larmoyanten, morosen Töne einer gedämpften Orgel. Erleuchtet wird der ganze Raum lediglich von den vier grossen Kerzen, die am Altar brennen, so dass die entfernter gelegenen Teile in Halbdunkel gehüllt sind. Im Hintergrund befindet sich ein einziges grosses Portal, welches offen steht.

Priester am Altar *den man längere Zeit hantieren gesehen und flüstern gehört hat, nachdem ein kurzes Präludium auf der Orgel beendet ist.* Hoc est enim Corpus meum. – *Das Flüstern und Zischeln geht weiter.* – Hic est enim Calix Sanguinis mei, novi et aeterni testamenti; mysterium fidei; qui pro vobis et pro multis effundetur in remissionem peccatorum.

Während mitten unter den Zuhörern, die teils knien, teils stehen, der Papst mit überschlagenen Knien und im Schoss gekreuzten Händen, wie es scheint, gleichgültig dort sitzt, geht unter den übrigen, besonders unter den weiblichen Mitgliedern, ein lebhaftes Plauschen und Austauschen von Meinungen einher, welches von den Rückwärtsstehenden wiederholt durch ein diskretes „Pst!" unterbrochen wird.

Priester *am Altar.* Hostiam puram, hostiam sanctam, hostiam immaculatam...

Lucrezia *teilt aus einer Tüte Konfetti an ihre jüngeren Geschwister aus.*

Priester *am Altar.* Panem sanctum vitae aeternae, et Calicem salutis perpetuae...

Die Jüngeren scheinen sich um die Konfetti zu streiten; einiges fällt zu Boden; sie eilen sich, es aufzuheben; man hört Raufen und Schimpfwörter; Stühle werden gerückt; die Damen benehmen sich um die Kleinen, die Herren mahnen zur Ruhe; der Papst schaut hinüber und lächelt; von rückwärts wiederholte „Pst – Pst!“

Priester *am Altar, mit lauter Stimme.* Per omnia saecula saeculorum.

Die Anwesenden *mechanisch murmelnd.* Amen.

Cesare ist von seinem Stuhl aufgestanden und begibt sich hinter die Lehne seines Vaters, des Papstes, zu dem hinübergebeugt er sich längere Zeit halblaut unterhält; die Damen fangen ebenfalls unter sich ein halblautes Gespräch an; die Kleinen, wieder beruhigt, molfern an ihren Konfetti.

Priester *am Altar, halblaut.* Agnus Dei, qui tollis peccata mundi...

Bei diesen Worten ist das Weib plötzlich auf die Schwelle des rückwärtigen Portals getreten. Hinter ihr sieht man eine schwarze Gestalt verschwinden. Sie ist in der gleichen naiv-zauberhaften Attitüde wie oben im Himmel und trägt dasselbe weisse, jugendlich-züchtige Gewand wie damals, von dem eine von der Beleuchtung der Kerzen unabhängige Helle auszugehen scheint. – Die Orgel fällt mit einem Agnus Dei ein.

Priester *vollendet.* miserere nobis!

Sofort entsteht eine heftige Erregung und grosse allgemeine Unruhe unter allen Anwesenden, deren Blicke starr gegen die Türe gerichtet sind, und unter denen ein bald unentwirrbares Gemisch von staunenden Ausrufen von seiten der Männer, von Verwünschungen von seiten der Frauen hin und her geht.

Priester *am Altar, wie oben.* Agnus Dei, qui tollis peccata mundi, miserere nobis!...

Die Unruhe wächst immer mehr; der Gardekapitän ist einige Schritte gegen das Portal zu getreten; die Dienerschaft drängt sich von dieser Seite immer stärker gegen die Mitte des Saales.

Priester *am Altar.* Agnus Dei, qui tollis peccata mundi, dona nobis pacem...

Der Papst ist ebenfalls aufgestanden und schaut starr gegen die Türe, wo das Weib in regungsloser Haltung verharrt; Gruppen bilden sich und pflegen in erregter Weise Meinungsaustausch. Der Zeremonienmeister Burcard ist von hinten vorgekommen, um sich mit dem Papst zu benehmen, der ihm aber kein Gehör schenkt. Man hört die Kleinen schreien.

Priester *vollendet und sagt sein* Dominus vobiscum! – *dessen Antwort:* Et cum spiritu tuo *nicht mehr vernommen wird.*

Man hört jetzt aus der Menge Rufe, wie: „Wer ist die?" – „Woher kommt die? – „Eine Neapolitanerin!" – „Schafft sie hinaus!" – „Halt! Halt!" – Man hört die Stimme des Papstes: „Schonung! Schonung!" –

Priester *am Altar, wendet sich um, sieht erschrocken die Verwirrung, sagt aber sein* Ite missa est!... *und erteilt darauf, ohne dass sich noch jemand um ihn kümmert, den Segen.*

Das Orgelspiel endet. Alle verlassen nunmehr ihre Plätze und drängen gegen die Türe zu; die Männer zunächst, die Frauen wie zurückgeschoben; der Papst, umgeben von seinem Sohn Cesare, dem Zeremonienmeister und dem Gardekapitän, geleitet das Weib, es vornehm bewillkommnend, unter grossem Nachdrängen von seiten der Männer, unter lauten Ausrufen und Verwünschungen von anderer Seite, etwas gegen die Mitte des Saals. – Der Priester hat sich inzwischen am Altar verbeugt und ist rechts abgegangen; ein Sakristan ist gekommen und löscht vorschriftsgemäss die vier grossen Kerzen aus. – In dem so entstandenen Halbdunkel, in dem das Weib wie magisch beleuchtet herausglänzt, sieht man noch, wie die Männer wie wild gegen die helle Gestalt losstürzen, die der Papst jetzt fest unter den Arm genommen hat, während der Gardekapitän den Degen zieht, Burcard die grossen mächtigen Arme, wie zur Ruhe mahnend, hoch emporhebt, und Cesare wie wütend gegen die Eindringenden um sich schlägt. Die Betstühle werden umgeworfen; man sieht vereinzelt Dolche in der Luft blitzen; im Hintergrund halbersticktes Weibergeschrei: „He, Hilfe!" – „Ich bin's nicht!" – „Ich bin die Falsche!" – „Waffen!" – „Soldaten!" – Man hört Lucrezias Stimme: „Cesare! – Cesare! – Mio papa! – Zu Hilfe!" – Schliesslich drängt die Gruppe mit dem Weib und dem Papst in ihrer Mitte zur Türe hinaus; alles wie wild nachstürzend; die Frauen kreischend zu beiden Seiten ab; – der Vorhang fällt. – Längere Zwischenpause.

Schluss-Szene

Eine Strasse in Rom vor dem päpstlichen Palast. Trübe, nasskalte Morgendämmerung; an einer Ecke ein tief herabgebranntes flackerndes Öllicht. – Totenstille.

Eine Türe am päpstlichen Palast öffnet sich leise und heraus tritt das Weib, die Röcke knapp zugebunden, die halb entblösste Brust vor der Kälte schützend, mit verwirrten Haaren und hohläugigen Blicks, übernächtig und abgeschlagen; macht die Türe leise hinter sich zu; schlürft einige Schritte vorwärts: sie hat zweierlei Pantoffeln an, beide zu gross; in den Ohren und am Hals reichen Brillantschmuck; schaut sich scheu und vorsichtig um; da bricht der

Teufel *der bis dahin ungesehen längs einer Dachrinne im Schatten gestanden, hastig hervor, auf sie zu, gebieterisch* Jetzt zu den Kardinälen! Dann zu den Erzbischöfen! Dann zu den Gesandten! Erst zu den Gesandten der italienischen Staaten; dann zu den fremdherrlichen Gesandten! Dann zum Camerlengo! Dann zu den Neffen des Papstes! Dann zu den Bischöfen! Dann durch alle Klöster durch! Dann zu dem übrigen Menschenpack! – Tummle dich und halte die Rangordnung ein! – *Weib langsam ab.*

Der Vorhang fällt.